ヨーハン=クリストフ=
フリードリヒ=シラー

シ ラ ー

・人と思想

内藤 克彦 著

41

CenturyBooks 清水書院

はじめに

いつのころからか、わが国では、師走になると、恒例の行事のように、ベートーヴェンの第九交響曲が演奏され、その第四楽章で、シラーの『歓喜の歌』が合唱される。シラーがどういう人であったのかは知らなくても、全人類への普遍的な兄弟愛を、星空の上の父なる神への固い信仰を、情熱的に歌い上げるあの歌詞を原語のドイツ語で知っている人も多いだろう。

喜びよ、美しい神々の火花、
至福の園の娘よ、
われらは火に酔いしれて
天上のものよ、きみの聖所に歩み入る。
きみの魔力は
流俗の厳しく分離したものを、再び結び合わせ、
きみのやさしい翼の休むところ、

すべての人が兄弟となる。
抱き合え、百千万の人々よ!
このくちづけを全世界に!
兄弟たちよ――あの星空の上には
一人の慈父が住み給うに違いないのだ。
(……)

新聞記事によれば、今日では、日本中のいたるところに《『第九』を歌う会》という風な市民の集いが生まれ、全国で年の暮れ近くになると、二〇〇回以上もの『第九』の演奏会があるという。そのとき、これを歌う人も聞く人も、「すべての人が兄弟となる」という歌詞の通り、皆が一つになって、この崇高な音楽の響きに酔いしれている。こんなすばらしい音楽が、ほかにどこにあるだろう。『第九』は、何というすばらしい人類への贈り物なのだろうか。しかも、これを作ったとき、ベートーヴェンは完全に聴力を失っていたという。あるいは、ベートーヴェンは、外界の音への聴力をなくしていたからこそ、彼の心の耳を澄まして、内なる魂の音楽を聞き取り、あのようなすばらしい音楽を生み出したのかも知れない。
一九九〇年一〇月三日にドイツが再統一されたとき、その記念式典の前夜に『第九』が演奏され、

『歓喜の歌』が高らかに歌われたという。至極もっともなことである。何しろ、「流俗の厳しく分離したもの」が、まさしく「再び結び合わ」されたのだから。とりわけ自由を自分たちの力でかち取った旧「東ドイツ」の人々にとって、その感激はどんなに大きなものであったろう。そのとき、指揮棒を振ったのは、東ドイツ自由化運動の功労者、ライプツィヒのゲヴァントハウス管弦楽団の指揮者クルト＝マズア氏であったという。

ライプツィヒ――この東ドイツ自由化運動の先頭を切った都市と、ベートーヴェンの『第九』とが結びつけられるとき、私は、そこに、ある不可思議な因縁めいたものを感じないわけにはゆかない。というのは、シラーのあの『歓喜の歌』がその最初の閃光(せんこう)を放ったのは、ほかでもない、このライプツィヒにおいてであったからである。シラーもまた、この地ではじめて真の自由を得たのであった。

当時、シラーは、亡命先のマンハイムで、経済上、生活上、完全に行き詰まっていた。文字通り生死の境目にまで来ていた。そのとき、彼に暖かい友情の手を差しのべて、彼を窮地から救い出したのは、ライプツィヒの、ケルナーという人を中心とした、シラーには全く未知の四人の若い男女のグループであった。彼らの招きに応じて、シラーはライプツィヒに赴き、彼らの友愛の輪の中に迎え入れられた。そしてケルナーの任地ドレースデンへ移るまでのしばらくの間、近郊のゴーリスに逗留(とうりゅう)して、集中的な詩作活動を開始したのであった。そのような友情に対する感動を歌い上げたのが、この詩の第二節であった。

一人の友の友となる
大きな幸に恵まれた者、
やさしい女性を得た者は、
声を合わせて歓呼せよ！
そうだ——ただ一つの魂をでも
この地上で自分のものと呼べる者は！
それをなし得なかった者は、
泣きながらこのまどいから消え去るがいい！
　［この大地球に住む者は
共感を信条にせよ！
共感が、われらを星々へ、
あの未知なる存在の玉座へ導いてゆくのだ。］
（［　］内の四行はベートーヴェンは『第九』の合唱には取り入れなかった）

ケルナーら四人の友情については、あとで詳しくお話しするつもりであるが、シラーは彼らに助けられて、はじめて独立の作家としての道を歩みはじめることができたのである。

さて、ドイツの文学のみならず文化を語る際に、大天才ゲーテを抜きにすることができないことは、だれの眼にも明らかであろう。しかし、そのゲーテに次いで重要な作家がシラーだということは、私たち日本人にとって、どれくらい自明のことであろうか。しかも、シラーは、その晩年の一年間、ゲーテの無二の盟友でもあったのである。

ドイツ人が、今日においても、シラーを代表的ドイツ人の一人とみなし、彼に対して並々ならぬ敬意を抱いていることは、百科事典において、ゲーテに次いで彼のために割かれたページ数が異例に多いことにも現れている。外国人向けのドイツ紹介ビデオの中に登場してくる唯一の詩人も、シラーである。ドイツにおいてだけでなく、フランスでもイギリスでもアメリカでもロシアでも、シラーは今日でも偉大な詩人とみなされている。

なるほど、現代において、シラーが、前世紀におけるほどの熱狂的な崇拝の対象ではなくなったことは、事実である。さめた時代である現代においては、シラーの情熱的な理想主義は、身振りが大きすぎるとさえ見えるかも知れない。二〇世紀の半ばごろには、まだ「ルター訳の聖書の次にドイツ人の精神生活に影響を与えたのは、ほかならぬシラーの芸術である」（ヘルマン＝ノール）とまでいわれたが、第二次世界大戦後においては、学校教科書の中に取り入れられるシラーの作品の数も減ったようであるし、劇場での上演回数も一時ほどではなくなった。しかし、シラーに関する研究論文は、相変わらず多い。彼の全集は、戦後になってからでも、五種類出ている。

シラーの四五年六か月（一七五九年一一月一〇日～一八〇五年五月九日）の生涯は、ほとんどその全歳月が、苛烈な運命との戦いの連続であった。青年時代の彼は、何よりもまず、領主の暴君的な恣意と戦わねばならなかった。そして、ついに、投獄されるのも覚悟の上で、冒険的な国外出奔を決行したあとは、容易には抜け出すことのできない経済的窮迫と、そして更には、繰り返し襲ってくる、しばしば死を予感せしめる病患とも戦わねばならなかった。若いときの彼が、当時の社会的矛盾や道義的退廃に対する峻烈きわまりない批判を、作品の中に盛り込まずにはいられなかったのも、理由のないことではなかった。シラーより一〇歳年上で、彼の死後なお二七年長生きしたゲーテが、その晩年に、早世した友を悼んで語った次のようなことばは、シラーの本質の一側面を、まことによく伝えている。

「シラーの全作品を、自由の理念が貫いている。そして、この理念は、シラーが教養を積み、彼自身が別人となるにつれて、別の形をとるようになった。彼の若いころに、彼の心をとらえ、彼の創作のテーマとなったのは、物的な自由であったが、彼の晩年においては、それは理念的自由であった。（……）

さて、そのような物的な自由が、若いときのシラーの心をあれほど強くとらえたのは、なるほど、一部分は、彼があのような気性の人であったからでもあるが、しかし、大部分は、彼が士官学校で耐えねばならなかった重圧のせいであった。

しかし、その後、彼が物的な自由を十分に得るようになった壮年期においては、彼は、理念的自由に移っていった。そして、この理念が、彼の生命を奪ったのだと、ほぼそういっていいように私は思う。というのは、彼は、この理念によって、彼の体力にはあまりにも苛酷な要求を、彼の肉体に課したからである。」(ヨーハン＝ペーター＝エッカーマン『ゲーテとの対話』一八二七年一月一八日)

確かに、シラーの生き方に、精神主義者に特有の、自然に反する強引さがあったことは、否定できない。しかし、シラーは、たとえいかほど病患にさいなまれようとも、一家の生計を支えるためには、病身を鞭打ちながらも仕事を続けなければならなかったのである。しかも、彼には、燃えるような芸術家としての使命感があった。

人間の尊厳は、きみたちの手にゆだねられている。
それを守れ！
それはきみたちと共におちる！きみたちと共にそれは高まるだろう！

（『芸術家』四四三〜四四五行）

彼ほどの才能があれば、世人を堪能（たんのう）させるような娯楽的作品を矢継ぎ早に書いて、生計をうるおすくらいのことは、たやすいことだったに違いない。しかし、そのような世俗的才覚を働かせるにしては、彼はあまりにも潔癖にすぎた。芸術家としての崇高な使命感に適う作品を生み出すために、骨を削り、肝胆を砕くこと以外に、彼には人生はなかったのである。

シラーの作品が、長い間、ドイツの学校で教材としてよく利用されたのは、理由のあることであった。なぜなら、あらゆる階層の人々に心からの満足を与えることのできる真の民衆詩人となることを自己の最高の使命として、だれにでも分かりやすい題材を取り上げ、それを、磨きのかかった流麗なことばを駆使して、ダイナミックに描き上げた彼の一連の物語詩や、歴史悲劇は、内容が奥深いばかりではなくて、大人にも子供にも、それぞれに楽しむことのできる、まことに味わいの深い、真の国民文学の作品となることに、見事に成功しているからである。

今からもう三〇年も前のことになってしまったが、私が留学生としてボンにいたころ、親しく指導して頂いたグレンツマン教授が同時に校長を兼務されていたベートーヴェン－ギムナージウム（九年制の高等学校で日本の小学校五年から大学一年までに相当する）の一年生の国語の授業を参観したとき、生徒たちが教材として手にしていたのは、あのリンゴの的の話で日本の子供たちも知っているシラーの戯曲『ヴィルヘルム＝テル』であった。また、ある年の冬、シュトゥットガルトの近くの小さな町に住んでいる親しいドイツ人の宅を訪れたとき、学校の宿題として暗唱練習をしている娘とその祖母のところへ、台所の片付けを終えた母親も途中から加わって、三人が声をそろえて朗唱したのは、シラーの有名な長詩『鐘の歌』だった。ある大学生は、学校でいやというほどシラーを読まされたので、シラーはもうごめんだ、とさえいった。しかし、またある別の学生は、シラーの『群盗』のような芝居はもう古臭いとは感じないかと私が質問したとき、そんなことは絶対にない、と強く首を横に振った。劇場全体をゆるがさんばかりの、シラーの作品のあの激しい情熱は、何度見てもこたえられない魅力がある、というのである。

シラーが、ドイツ人のみならず、およそすべての現代人にとって、どんなに重要な存在であるかを、最も雄弁に証言したのは、その生涯にわたってシラーを敬愛した二〇世紀ドイツ最大の小説家トーマス＝マンであった。ついに彼の白鳥の歌ともなった一九五五年のシラー永眠一五〇年記念祭の講演において、満八〇歳の誕生日を目前にしたマンは、病的な現代には、元素＝シラーがぜひとも必要であると力説してやまなかった。

ところで、シラーは、いつごろからわが国にも知られるようになったのだろうか。鈴木重貞氏の研究によれば、明治の初期、正確にいうと明治一〇（一八七七）年に、シラーの名はわが国に紹介されたという。同氏によれば、明治期に最初に邦訳されたドイツ文学の作品は、実にシラーの『ヴイルヘルム＝テル』だったということである。それは、明治一三年のことで、『瑞正独立自由の弓弦』という題で、そのはじめの一部分が訳されたのだそうである。時あたかも自由民権運動のおこった時代であったから、シラーは、まさに自由の詩人として、わが国に紹介されたのであろう。

明治期のわが国で、シラーがどのように受け入れられたかの一端を示すよい例証として、ここに一冊の本を紹介しよう。それは、明治三八（一九〇五）年に発行された「帝国文学」誌臨時増刊第二「シルレル紀念号」（登張信一郎他二二名執筆、四一〇ページ）である。

今日では「シラー」とカナ書きするドイツ語の Schiller を、「シルレル」と書いたのは、明治から昭和の初期にかけてのことであって、「シルレル」という表記法に、私たちは、一つの時代のへだたりを感じないわけにはゆかないのであるが、この「紀念号」の「序詞」は、次のような書き出しで始まっている。

「千八百五年五月九日詩人シルレル逝いてより正に百年を経たる今歳今日、彼が生涯と事業とを追懐するは吾れ等の大なる栄誉なり。あはれシルレル、彼はゲーテと相並びて啻に独逸の詩人なるのみに非ずしてカントと共に、ルーテルと共に、ダンテと共に、ホメールと共に世界の人格にして、又人類の永なへなる光明也。見よ、年若うして逝ける彼の事業の如何に雄大に、其生命の如何に崇高を極めたるかよ。彼は啻に詩作の人なるのみならず、彼は道義の人也、意志の人也、理想の人也。

（……）」

明治の人たちが、いかに感激的にシラーを受け入れたかは、この一文を見ても十分に推察することができるであろう。これより九年前の明治二九（一八九六）年に出版された緒方維嶽の美文調の『シルレル』は、文字通りの英雄的詩人伝であった。そのような英雄崇拝的なシラー受容は、多かれ少なかれ、その後のわが国におけるシラー評価に共通するものであった。

わが国におけるシラー受容について語る場合、忘れてはならないのは、昭和期における新関良三博士の功績である。ギリシア・ローマ演劇史研究によって著名だった新関博士は、わが国の最も卓越したシラー研究者であった。博士の学位論文『シラーとギリシア悲劇』（昭和一五年）は、今日もシラー研究者にとって必読の重要文献である。昭和四三年の「講書始御進講」において、昭和天皇の前で「詩人フリードリヒ＝シラーとその美的教育論」について講ぜられたところからもわかるように、博士のシラーに対する敬愛は、終生かわることがなかった。六巻から成る『シラー選集』（冨山房刊、昭和一六～二一年）の執筆・編集をはじめとして、シラーに関する多くの著書等を通してシラー紹介に力を尽くされた博士は、昭和三〇年には、ドイツ連邦共和国政府からシラー永眠一五〇年祭にちなむシラー記念牌を受けられた。

ベートーヴェンが『第九』の中に用いた『歓喜の歌』の詩行の残りの部分を、念のためにここで紹介しておこう。

喜びを、万物は
自然の乳房から飲み、
善人も悪人も、みな
喜びのばらの道を追い求めてゆく。
喜びは、くちづけとぶどう酒と、
死の試練を経た友をわれらに授けた、
快楽は、虫けらに与えられ、
神の前に立つのは、智天使だ。
ひざまずくか、きみたちは、百千万の人々よ。
創造主を予感するか、世界よ。
星空の上に、神を求めよ、
星々の上に、神は住み給うに違いないのだ。

［喜びは、久遠の自然の

強いばねだ。
喜びが、巨大な宇宙時計の
歯車を回し、
花々をつぼみの中から、
星々を大空の中からいざない出し、
天球を、観測者の筒の見知らぬ空間で
回転させているのだ。］
星々が天空の壮麗な平原を
飛翔してゆくごとく、朗らかに、
兄弟たちよ、きみたちの道を進め、
勝利に向かう英雄のごとく、喜び勇んで。
（ベートーヴェンが『合唱』にとり入れたのは、全九六行の中の前半四八行までの部分である。
［］内は省略された詩行）

シラーは偉大な詩人であった。しかも、彼が偉大であったのは、大小の差こそあれ、私たち人間が背負わされている地上的生の苦悩に、真っ向から取り組み、それを超克して、人間としての精神の光を輝かすことに、彼の全存在を燃焼し尽くしたことである。その軌跡が、彼の作品であり、思想だったのである。

目次

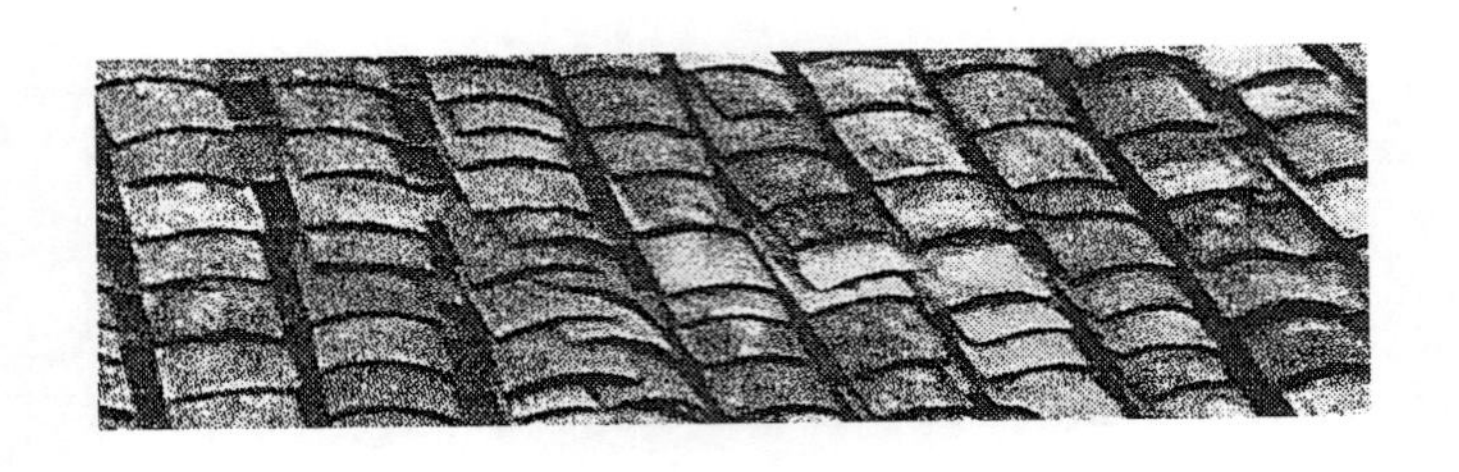

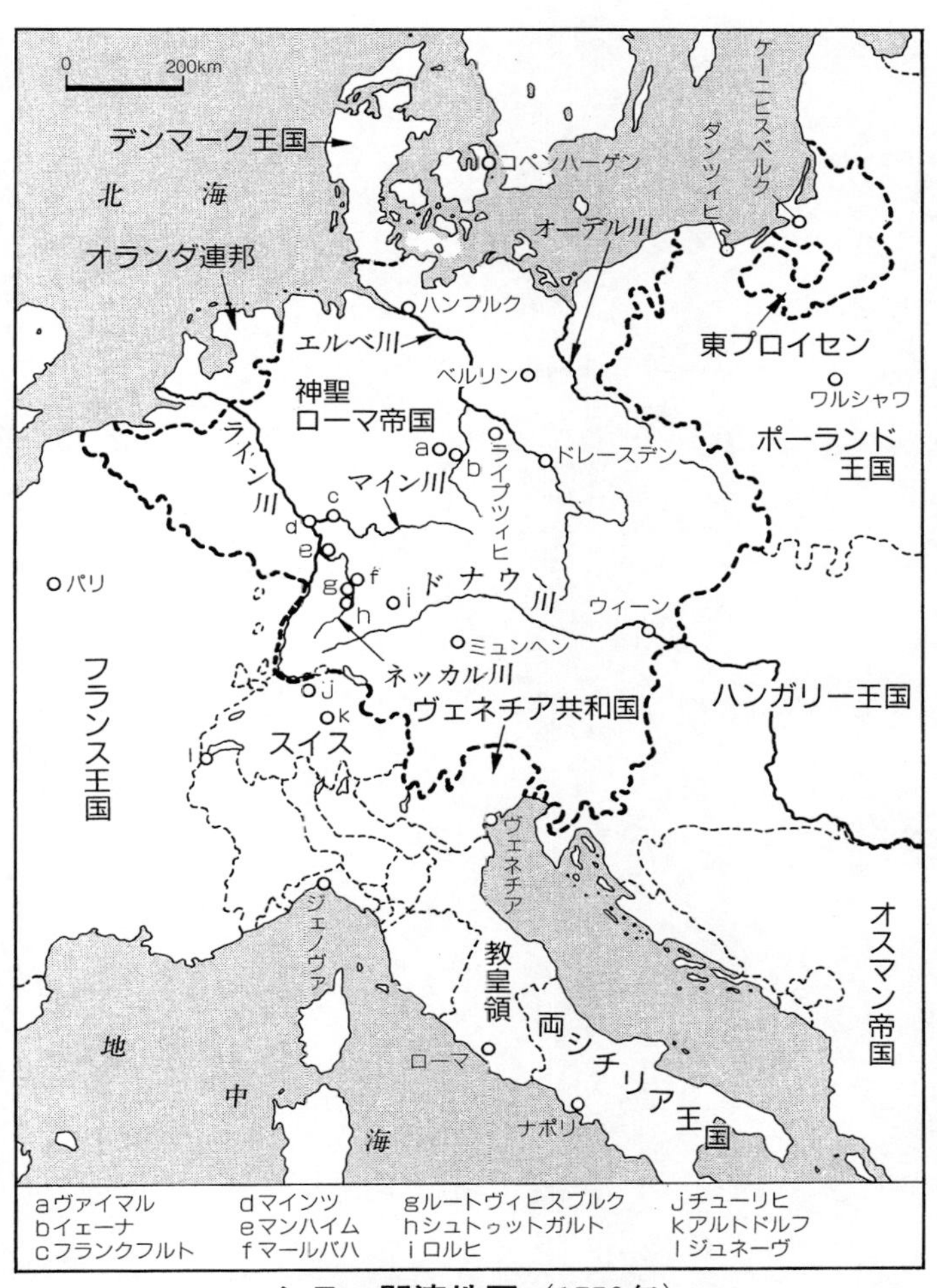

シラー関連地図（1759年）

I　疾風怒濤の青春

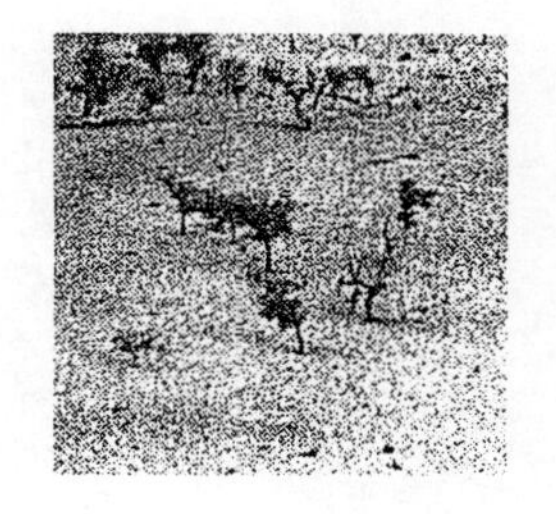

生い立ち

生地マールバハ　現在のドイツ連邦共和国の南西部を占めるバーデン＝ヴュルテンベルク州の首都シュトゥットガルトから、北へ約二〇キロほど行ったところ、ライン河の支流ネッカル川がゆるくカーヴを描きながら流れるのを眼下に見下ろす丘陵地に、今も昔ながらの静かなたたずまいを見せている小さな古い田舎町マールバハがある。

ヨーハン＝クリストフ＝フリードリヒ＝シラーは、この町で生まれた。今は記念館として保存されている彼の生家も、彼が洗礼を受けた教会も、旧市街の市門も、破風造りの家々の立ち並ぶ街路の舗石までも、時の流れによる摩耗を別とすれば、往時の姿をほぼそのままに留めているように思われる。

シラーの父のヨーハン＝カスパル（一七二三～九六）は、村長をしていた父親が彼の少年時代に亡くなったために、早く自立しようとして、母親を説き伏せて世間に出、外科医になることを志して修業していたが、一七四五年、バイエルンの軍隊に身を投じて、オランダやベルギー地方の戦場を駆け巡り危険な冒険に身をさらしたあと、戦争が終わったので一七四九年に郷里へ帰り、彼の姉

シラーの生家　グライヒェン＝ルスヴルム画

の住んでいたマールバハを訪れたときに、彼が泊まった宿屋の一人娘と知り合い、結婚して、この地に落ち着くことにした人であった。しかし、義父が森林管理の失敗から多大の負債を抱え込んでいたことがわかり、彼自身にもその累の及ぶ可能性があったため、再び軍人となることを決意して、その地の領主カール＝オイゲンの軍隊に入り、息子のシラーが生まれたときは、七年戦争（一七五六〜六三）のさなかで、たまたま戦地から引き上げてシュトゥットガルトに冬営中だった。彼は気難し屋ではあったが、真っ正直な性格で敬神の念に篤く、息子には自分が求めて得られなかった教育をぜひ受けさせたいと願っていた。晩年には少佐にまで昇進し、植樹監督官を勤めた。

シラーの母エリザベタ＝ドロテーア（一七三二〜一八〇二）は、夫とは対照的に快活な人で、特別な教養はなかったが、夫同様に信仰に篤く、豊かな想像力とやさしい感情とを持ち、クロプシュトックやゲラートの宗教的な詩を好んだという。

シラーの父（左）と母　ジマノヴィツ画

シラーがここで過ごした幼年時代は、さほど長くはなかった。というのは、彼の父は、一七六三年暮れに募兵将校の任務を与えられ、シラー一家は、中世ドイツの盛時を開いたシュタウフェン朝の王たちが眠る古い修道院のある小村ロルヒに移り住むことになったからである。シラーの父は、子供たちを連れて散歩をしながら、よく遠い昔の郷土の歴史について話して聞かせたものだという。中世の名残を留める古い建物を眺めながらのそれらの話は、幼いシラーの空想力をかきたて、後年の歴史家、歴史劇作家へのめざめを促すものとなったことであろう。

少年シラー

シラーの精神的発展にとって、ロルヒは、その出発点といっていいだろう。ここで彼が最初の精神的指導を受けた牧師モーザーとの出会いは、彼の人生行路に一つの方向を与えるものとなった。祭服を着たおごそかな彼の姿は、少年シラーの魂の中に、自分もあのような牧師になりたいという憧れを芽生えさせたのである（後年、シラーは、彼の処女作『群盗』の終わりに同名の牧師を登場させたが、それは、このモーザーの名前を永遠に記念するためでもあったろう)。そのような当時のシラーの面影を、彼の姉クリストフィーネは、次のように伝えている。

「すでに早くから、小さなフリッツには、よい素質が芽生えていた。彼は、早くも五歳のとき、父がいつもの流儀で家族の者たちに読み聞かせたものすべてに注意深く聞き耳を立て、いつも特にその内容について、納得がゆくまで質問をしたものであった。彼が一番熱心に聞き耳を立てたのは、父が聖書の中の幾節かを朗読したとき、あるいは、家族と共に朝夕の礼拝を行ったときであった。そのとき、彼は、いつも、一番好きな遊びもほうり出して走って来た。彼の幼い顔の真剣な祈りの表情を眺めるのは、楽しいことだった。天に向けられた彼の敬虔な青い眼、美しい額の周りの淡く赤みを帯びた髪、一心に指と指とを組み合わせている小さな両手、それはまるで天使でも見ているかのようだった。人は彼を愛さずにはいられなかった。」

シラーは、六歳になったとき、モーザーの好意で、彼の息子と一緒にラテン語の手ほどきを受けた。モーザー家と親しくしたことは、幼いシラーの聖職者への憧れをますます強めることにもなった。彼は、早くもこのころ、姉の黒いエプロンを牧師の祭服のように身にまとわせてもらって、椅子の上に立ち上がり、説教のまねを始め、母と姉とはそれを神妙に聞かなければならなかったという。

ロルヒでの生活は、一家にとって楽しいものであった。村の人々とも、また修道院の人々とも、一家は親しく付き合うことができた。しかし、経済的には、ここでの生活は、一家にとって決して楽なものではなかった。というのは、約束された給料は、三年の間全く滞ったままであったのに、シラーの父の下には、二人の下士官が配属されていたから、シラーの父は、彼らの生活費の面倒をもみなければならなかったからである。思い余ったシラーの父は、領主あてに手紙を書き、願いが聞き入れられて、シラー一家は一七六六年末に、領主の居城のあるルートヴィヒスブルクへ移った。そして、ここで、シラーは、ラテン語学校に入学し、いよいよ宿願の神学校進学への第一歩を踏み出したのであった。

モーザー牧師

ところで、当時、宮廷劇場は、将校には無料で家族連れで観劇することが許されていたので、シラーの父は、勉強の褒美(ほうび)として、時々シラーを芝居に連れて行ってくれたらしい。それまで素朴な自然の懐に抱かれて、いわば牧歌的な生活しか知らなかった少年の眼に、きらびやかに着飾った役者たちが華麗に繰り広げる演劇の世界は、どんなにまばゆく映ったことだろう。その印象は強烈であった。天成の劇作家シラーの幼い心は、こうして最初のめざめを経験したのだった。家に帰るやいなや、彼は、早速、人形を作って芝居のまねを始めた。しかし、やがてそれだけでは飽き足らず、友達を集めて芝居をするようになった。だが、彼は、俳優としては落第だった。彼の誇張癖が、芝居を台なしにしてしまうからであった。

シラーの人生は、ここまでは順風満帆といってよかった。すでに四回の国家試験に合格し、待望の神学校への進学の準備は着々と進んでいた。

カール学院

しかし、そのとき、彼の人生の方向を大きく変える運命の巨大な波が、彼を襲った。

領主の横暴

領主カール＝オイゲンは、ぜいたく好みのわがままな絶対君主として悪評が高かったが、晩年になって、自分の権勢の強固な支えとなるべき忠実で有能な軍人や官吏を、自分の手で養成することを思い立ち、国内の優秀な子弟の教育機関として、軍人養成学校を主体とした、いわゆるカール学院を創設した。

カール公は、領内の学校の成績の優秀な生徒たちの父親を呼び集めて、新設された学院へ子弟を入学させるよう求めた。シラーの父もそのような父親たちの中の一人だった。

シラーの父は、自分の息子には、本人の希望通りに、今後も続けて神学を学べる道を進ませて頂きたい、と申し出た。

当然のことながら、このシラー大尉の申し出は、臣下の従順な服従に慣れていた領主には気にいらなかった。しばらくして、シラーの父は、二度、領主の前へ呼び出され、領主の意向に従うように強要された。これ以上、上意に逆らうことは、いたずらに権力者の不興を買い、父の立場を悪くするばかりであることをさとったシラーは、気の進まないまま、カール学院への入学に同意したという。

こうして、シラーは、一七七三年一月一六日、満一三歳二か月で、兵営同然の厳しい規律と監督の支配するカール学院の門をくぐった。彼は、はじめの予定では、法学を学ぶことになっていたが、途中で医学に転じ、医学生として卒業した。

ヴュルテンベルク公国とカール＝オイゲン

それでは、シラーが八年間過ごしたカール学院とは、一体、どんな学校だったのだろう。そのことを知るためには、予備知識として、当時のヴュルテンベルク公国の事情や、領主カール＝オイゲン公についても知っておく必要がある。

シラーが生まれた一八世紀中葉のドイツは、国土の大半を荒廃させた一〇〇年余り前の三十年戦争（一六一八～四八）の戦禍からようやく立ち直り、政治的にも文化的にも、イギリスやフランスの後を追って、ヨーロッパの一角にその地歩を固めつつあった。ただ、一〇世紀以来続いてきた神聖ローマ帝国は、時代が進むと共に、多数のほぼ独立国的な勢力をもつ領邦と、皇帝から自治権を承認されたいわゆる自由帝国都市への分裂の度を強め、その数は、当時は三〇〇を優に越えるまでになっていた。シラーの郷里ヴュルテンベルク公国も、そのような領邦群の中の一つであった。

そのころ、ヴュルテンベルク公国を支配していた領主カール＝オイゲンは、少年時代に父を亡くし、将来の統治者としての教育のため、啓蒙君主として評判の高かったプロイセンのフリードリヒ大王に一時あずけられたが、一六歳のときに皇帝の勅許を得て公爵位についた人であった。フリードリヒ大王は若い公爵の才能を高く評価したといわれるが、彼は、権力者の地位につくと、しだいに父親ゆずりの暴君振りを発揮しはじめ、側近には自分の意のままになる者たちだけを侍らせ、専横の限りを尽くしたものらしい。そのため、勝手に横車を押し通す若い領主を牽制しようとした議会とは、しばしば衝突を繰り返す羽目に陥ったという。

エルンスト＝ミュラーの『ヴュルテンベルク小史』によれば、この地に、他の領邦と同様に、聖職者階級、騎士階級、市民階級の代表によって組織される議会（領邦議会）が誕生したのは、一五世紀半ばのことであった。そのころは伯爵領であったが、一五世紀の末（一四九五）には公爵領に格上げされた。そして、その後間もなく、領主の後継者問題が起こった際に、議会の権限が確立され、公爵領内の諸階級は、公爵領の統一を維持するために、領内での政治的問題に関しては、その決定にあずかる権利を獲得した。こうして、彼らは、領主の権力と政策を制御するために、この権利を、その後数世紀にわたって行使した。

さて、一七・一八世紀のヨーロッパの宮廷を支配したのは、フランスの太陽王ルイ一四世の統治に代表される絶対専制政治の風潮であった。カール＝オイゲンもまた、そのような権力をわがものにしたいと願った。しかし、そのような絶対主義的体制を確立するためには、彼には、議会の力を

シュトゥットガルトのカール学院

排除ないしは弱める手段を得ることが、ぜひとも必要であった。そこで、そのために彼が考え出した方法が、自分の思い通りに動かすことのできる軍人・官僚を養成する学校の創設だったのである。
たまたまカール＝オイゲンは、フランスと軍事上の協約を結び、一旦事あるときは、ヴュルテンベルク公国は兵隊を一定の人員提供する、その見返りとして、フランスは応分の報償金を出す、ということになっていた。だから、彼には、フランス式に訓練された兵隊を用意する必要があった。そこへ、彼が議会を説得するのに好都合な事情が加わった。多年にわたって繰り返された戦争の犠牲となった軍人たちの遺児の教育の問題である。
このようにして、カール＝オイゲンは、腹心の建言を容れて、離宮のわきに小規模ながらも、軍人養成学校を建設することに成功した。モデルとなったのは、プロイセン、ヴィーン、特にフランスの士官学校だったという。
ルートヴィヒ＝ウーラントの綿密な資料調査に基づく『シュトゥットガルトのカール大学校史』によると、カール＝オイゲンは、やがて、この学校に、自分の宮廷の造営に必要な建築師や工芸家、さらには種々のセレモニーに不可欠の音楽師、俳優や舞踊師などの養成コースを付け加えていった。そして、ついに、官吏養成コースの設置をも実現した。このようにして整備された学校は、それゆえ、その出生からすれば、自己の権力を最大限に拡張しようとした領主の、利己的な打算の産物以外の何物でもなかった。

しかし、歴史の流れは、往々にして、不可測のアイロニーを生み出すものである。カール公が作った学校も、そのいい例といえるだろう。つまり、この学校は、やがて、当時のドイツの生んだ学校の中でも、屈指の優秀な学校に成長していったのである。公国内のみならず、公国外からも、進んで入学を希望する者が後を絶たなかったといわれる。何が、この学校をそれほどまでに発展させたのだろうか。それは、当時の社会を風靡(ふうび)していたもう一つの大きな風潮である啓蒙主義の影響であった。

野心家で虚栄心の強かったカール＝オイゲンは、権勢と栄華において、ルイ一四世に続こうと念願したとすれば、啓蒙君主として、名君の誉れの高かったフリードリヒ大王にも負けまいとする功名心があった。彼は、実際に、他の君主たちが模範としていいほどに教育熱心であった。カール公は、彼みずから、生徒たちの健康状態に気を配ると同時に、教授陣を充実させるためには、領内のみならず、広くドイツ国内外に優秀な人材を求めることに奔走したともいわれる。優秀な教授陣を擁したこの学校の教育内容が、いかに程度の高いものであったかの何よりの証拠は、やがて皇帝の

学生シラーのシルエット

認可を得て、大学に昇格したという事実である。シラーが学んだカール学院とは、そのような学校だったのである。彼の本来の念願であった神学を修めることはできなかったが、彼の非凡な素質が、別の形で開花するための土壌と養分とは、この学校には十分に準備されていたというべきであろう。

もちろん、だからといって、この学校を過大に美化することはできない。なぜなら、この学校は、所詮は領主の利己的な目的のための手段以上のものではなかったからである。シラーが入学した年の翌年（一七七四）から、入学を強制された学生とその両親は、誓約書で、学生が卒業後は終身領主に仕えることの約束をさえ強要されたという。そのような誓約書を提出することは、当時は一般に行われた慣習であったにしても、自由意志によらない強制的な入学者に対するそのような処置が、圧制以外の何物でもなかったことは、明らかである。シラーが学院内でその大半を書き上げた処女作『群盗』の第二版の扉絵の咆哮するライオンの絵の下に、シラー自身は同意しなかったということであるが、「圧制者たちへ」という文字が刻まれたのは、決して偶然ではなかったのである。

学院での生活

それでは、シラーは、この学院で、どのような生活を送ったのであろうか。

のちのシラー夫人の記述によれば、それは、全く騎士的修道院のような生活だったという。しかし、それは、むしろ兵営のような生活だったという方が当たっていよう。この学院は、もともと軍人養成を目的として作られたものだったのだから、そして、実際に軍人養成コースは存続したのだったから、学院全体の規律が、軍隊式であったのは、当然のことであった。何事をするにも、すべてが監督者の号令によって進められた。日曜日には、家族の訪問が許されたが、しかし、たとえ姉妹であっても、成人した女性は立ち入ることを許されなかった。学生たちが見ることのできた唯一の女性は、領主の愛妾フランツィスカ＝フォン＝ホーエンハイム（カール＝オイゲンと不仲だった前夫人の死去後正妻となった。カール公の暴君的悪習を直すのに寄与するところが大であったといわれる）だけであった。シラーは、学院時代に、この女性の誕生日記念講演を二度行っている。その面影は、おそらく彼の第三作『たくらみと恋』の中のレディー・ミルフォルトに投影されているであろうと推測される。

カール学院は、通例、その圧制的なマイナス面が強調されがちであるが、その反面で、教育機関としてのプラス面も持っていたことを見逃してはならないであろう。その第一の点として挙げなければならないのは、学院生たちの健康や清潔な生活環境の確保に細心の注意が払われ、そのための規律が厳格に守られたことである。その第二の点は、学生間の友愛の精神が尊重され、それを健全に育てる環境が、寛大さをもって許されていたことであった。そして、その第三の点は、この学院の基本方針として、学院生の規律の監督は士官たちに任され、教授たちにその義務はなく、学院生は、教授たちとは、自由に話し合うことが許されていたことであった。シラーが最も信頼し、学院卒業後は友人として交際した哲学のアーベル教授によると、学生たちは、校門のそばで教授たちのやって来るのを待ち受け、教室まで教授たちと一緒に行く間、そしてまた授業後、教授たちを見送って校門まで行く間、学問や政治や個人的な事柄について、教授たちの助言を求めたという。

それでは、このカール学院でのシラーの生活態度は、彼の学友たちの眼に、どのように映ったのだろうか。シラーの学友たちは、のちにさまざまな回想記を残しているが、ここには、彼と特別に親しかった二人の友、ホーフェンとペーターゼンの語る学生シラーの思い出を紹介しよう。

学友の回想

シラーが学院で最も親しくしたヴィルヘルム゠フォン゠ホーフェンは、もともとシラーの少年時代からの親友であった。というのは、ホーフェンも、シラー同様に将校の息子で、しかもルートヴィヒスブルクでは、シラー家と同じ建物に住み、彼もゆくゆくは神学を修める目的で、シラーと一緒にラテン語学校へ進んだ仲だったからである。しかし、彼は、シラーより一年半早くカール学院に入学して、法学を学んでいた。そこへシラーが入って来たわけである。

さて、ホーフェンは、彼の自伝の中で、カール学院時代のシラーについて、概略、次のように述べている。

　ホーフェンがすでに本格的な法学の勉学を始めていたとき、医学科が新設され、医学科への転科希望者の募集があった。ホーフェンとシラーは、他の五人の学生と一緒に転科の希望を申し出て、医学科へ移ったのであったが、彼ら二人の理由は、当時、早々と目覚めた詩作への衝動につき動かされて、法学の勉強には身が入らず、そのために遅れを取り戻すことはもはや容易ではない状態に陥ってしまっていたからであった。彼らには、医学の方が、法学よりは文学に近いと感じられたためでもあった。彼らは、医学科に入った当初は、文学は医学の勉強が終わるまではおあずけにしようと決心したのだったが、やっぱり創作の手を休めることはできなかった。いやそれどころか、学院在学中の一六歳の少年シラーの『夕べ』と題する詩の載った「シュヴァーベン文芸雑誌」の編集者ハウク教授が、シラーのその詩を激賞したことが、彼らに弾みをつける結果ともなってしまった。シラーは、やがて、ホーフェンに奨められて、「シュヴァーベン文芸雑誌」に載っていた情熱的な革命的詩人シューバルトの短い物語にヒントを得て、戯曲『群盗』を書き始めた。そうこうするうちに、彼らを中心として、文学愛好グループができあがってさえいった。ところで、領主カール＝オイゲンは文学嫌いだったから、彼らの詩作活動は、あくまでも内密にしておかなければならなかった。彼らは、人目を盗んで書き上げたものを、ひそかに交換しては、批評し合い励まし合った。彼らは、自分たちの作品集の匿名出版をさえ思い立つに至ったのだったが、彼らが出版を依頼しようと白羽の矢を立てた出版者は、残念なことに数年前に死んでしまっていたことがわかって、その計画は、結局、実現されないままに終わった。
シラーたちの友情の輪は、ひとり文学愛好者の間だけでなく、やがて医学科の同級生たちへ、そしてさらに美術科の学生たちにまでも、徐々に広げられていった。

以上のようなホーフェンの回顧とは別の角度からの、ペーターゼンの回想には、大要、次のようなシラーの思い出が語られている。

ある年、領主の命令によって、全学生が同級生についての観察報告を出させられたことがあったが、シラーについての大方の評価は、活発で陽気、想像力が豊かで頭がよく、協調的かつ謙虚で、暇さえあれば詩を読み、文学とりわけ悲劇に強い関心を寄せている、というものであった。これに対して、シラー自身は、自己評価の中で、自分は強情で気性は激しいが、根は誠実善良のつもりである、と書き、最後に、もし自分が神学者として祖国に尽くすことができたならば、自分ははるかに幸せを感ずるであろう、と臆せずに書いたのだった。彼が好んで読んだ文学書は、シェイクスピア、クロプシュトック、オシアン、プルタルコス、ヤング、ゲーテ、そしてライゼヴィッツの『ユリウス＝フォン＝タレント』であった。彼は、よく散歩しながら、この作品やゲーテの『ゲッツ＝フォン＝ベルリッヒンゲン』を大きな声で朗読した。彼は学院時代に随分たくさんの詩を書いた。

特に彼と二人の仲間を強くとらえたのは、古代イギリスの物語詩であった。彼らは、自分たちの中のだれが一番この物語詩の調子をものにできるかを競い合った。シラーは、劇作にも筆を染め、その試作の一部は、のちに『群盗』の中に取り込まれている。カール公の誕生日に、学院内で学院生によって上演されたシラーの短い序幕劇『年の市』は、早くもシラーの天才的素質の片鱗を示したものであった。しかし、彼自身は、役者としては、あまりの誇張癖のために、上手ではなかった。彼は、処女作『群盗』の大部分を病室で書き上げたが、その中のあまりにもどぎつく、不道徳な場面は、友人たちの批評を容れて、削除したり和らげたりした。彼は、卒業論文として『人間の動物的本性の精神的本性との連関についての試論』を領主に提出したが、彼のいうところでは、カール公は、ヒポクラテスの術を、機械的なパン学問の狭い領域から、哲学的学問の地位へ引き上げた功労者ということであった。ともあれ、この試論は、はやくも、彼の博学と、並々ならぬ文才と、明晰な頭脳と、完璧をもとめる不断の向上心を如実に示したものであった。

ところで、この論文の中には、当時まだ印刷されていなかった『群盗』の一節が引用され、その注に、「モールの生涯。クレイク作の悲劇。第五幕、第一場」と書かれていた。そのため、後年、「イシス」という月刊雑誌の批評では、シラーはイギリスの作品を種本にして書いたのだという推論が出たほどであった。

以上がペーターゼンの思い出話の概要であるが、最後に言及された『群盗』については、おもしろいエピソードがある。それは、シラーがある森の中で友人たちに『群盗』の草稿を朗読して聞かせる場面をスケッチしたヴィクトール＝ハイデロフの息子の伝える次のような話である。

一七七八年のころ、学院で流行性の病気がはやり、シラーは、ハイデロフその他数人の友人たちと一緒に、学院の病室に三週間以上にわたって閉じ込められたことがあった。監督の眼は厳しく、彼らはひたすらベッドの中で安静にしているほかはなかった。しかし、無為でいることのできないシラーは、しばしば彼の頭に浮かんできたことを、こっそりと掛布団をかぶってメモしていた。幸い、看護人の中の一人が、ハイデロフの両親と知り合いだったので、彼は医学論文を書いているのだということにしてもらって、『群盗』を書き続けることができた。シラーは自分の作品について、友人たちの批評や助言を求めるのを常としていたのだが、監視の厳しい病室では、そのようなことは思うに任せなかった。そこで、シラーは、次の遠足の機会を利用して、邪魔の入らぬ静かな場所で、『群盗』の試読会をやることに決めた。病気が治り、五月のある晴

『群盗』朗読のスケッチ
ハイデロフ画

れた日曜日に、士官に引率されて遠足に出掛けたとき、シラーと彼の仲間たちは、士官の黙認によっていくばくかの自由を得て、他の級友たちから離れ、森の奥深くへ入って行った。そして、とある場所でシラーを囲んで円陣を作った。シラーは、大きな木の盛り上がった根の上に腰を下ろした。朗読を始めた彼の声は、森の静けさと友情に包まれた幸福な解放感で、ことのほか晴れ晴れとしていた。みんなはここで、作品の出来栄えのすばらしさに感嘆し、感激に酔いしれたという。

さて、シラーのカール学院での勉学の総決算は、彼の卒業論文であった。彼は卒業論文を二つ書いた。というのは、最初に書いた『生理学の哲学』と題する論文は、当代の学者たちにとっても大問題であった、人間の精神性と感覚性との間を仲介するものは何かという問題を、「中間力」という独創的な概念を導入することによって解決しようと試み、その際、当時の学界の権威とみなされた学者の説に対しても、最新の心理学説の立場からの大胆不敵な反論を加えたもので、身のほどもわきまえぬものとして、受理されなかったからであった。受理された『人間の動物的本性の精神的本性との連関についての試論』と題する卒業論文は、人間の精神的側面と肉体的側面との間の均衡と調和に関する、後年のシラーの思想の萌芽が、すでに胚胎していることを示したものであった。

試練と友情

『群盗』初演

一七八〇年一二月一五日、シラーはカール学院を卒業し、ただちにシュトゥットガルトの歩兵連隊の軍医に任命された。しかし、その待遇は、シラーのカール学院入学時に領主が約束したのとは裏腹の、全く屈辱的なものであった。彼は、表向きは軍医でも、士官待遇はされず、服装も給料も軍医助手並みのものでしかなかったのである。「ぼくの骨がそっとぼくにいったんだ、このままシュヴァーベンで朽ち果てたくはない、とね」と、親しい友人に漏らさずにはいられなかったほどに、シラーの失望は大きかった。

とはいえ、詩作にはやる気持ちを抑えに抑えてきたシラーにとって、その余暇を自由に使うことが許された軍医生活は、大きな解放であった。彼は、社会に出てさまざまな職業についていたかつての学友たちと、居酒屋や自室で、しばしば羽目を外して大いに楽しい時を過ごしたが、同時に、文字どおり大車輪で文筆活動を開始した。シラーの学院時代の親友で、一時、友情にひびが入って絶交状態に陥ったあとで、再び親交を結んだシャルフェンシュタインの記憶によれば、そのころシラーは彼によく、「本を作ろう、しかし、それは、絶対に、圧制者によって焼き捨てられるようなものでなくてはならぬ」といったという。彼が原稿を学院時代に書きため、いまやその完成を急いでいた処女作『群盗』こそ、まさにそのような作品であった。彼はその原稿を、わずか三、四か月のうちに加筆して完成すると、一七八一年の初夏に匿名で自費出版した。それは、彼にとって、そのあと長年にわたる借金苦の発端を意味したのであったが、しかし、新進作家のデビューとしては上首尾のものだった。ある新聞には、「われわれがいつの日かドイツのシェイクスピアを期待していいとしたら、それはこの人だ」という批評さえ現れたばかりか、出版後一か月たつかたたぬかのうちに、シラーのもとへ、有名なマンハイム国民劇場の支配人ダールベルク男爵から、『群盗』の上演のための脚色の依頼のみならず、シラーの今後の作品をも舞台にのせる用意があるとの、ねんごろな手紙が舞い込んで来たのである。

　脚色は、楽な仕事ではなかった。ダールベルクの要求は、シラーには耐え難いほどの重荷となった。舞台を現代から中世へ移すこと、題名を『放蕩息子』に変えることなどをはじめとして、元来は現実社会の道徳的腐敗に対する激烈な弾劾の書でもあったこの作品の、荒削りな内容をほとんど骨抜きにして、一編の勧善懲悪的な道徳劇に仕立て直すことが要求されたのである。シラーは、何とかして、ダールベルクに譲歩してもらおうとしたが、無駄だった。結局、彼の方が折れるよりほかなかった。

　しかし、上演の成果はどうだったろう。すでに評判になっていたこの作品を舞台の上で一目見よ

『群盗』第２版の表紙

うと、マンハイムばかりか、近隣の諸都市、七〇キロも離れたフランクフルトからさえも、馬や馬車でやって来た観客で、劇場は大入り満員になった。開演は午後五時であったが、自由席の客たちは、よい席を求めて、午後一時には劇場に詰めかけて来たという。芝居は五時間に及んだが、観客は、名優イフラントをはじめとする若手俳優の熱演に魅了された。劇が進むにつれて客席の熱気はしだいに高まり、最後の幕が降りたとき、興奮はその絶頂に達した。劇場は、感激した者の叫び声や、衝撃を受けた者のむせび泣きで大混乱に陥ったという。それは、劇場が始まって以来、いまだかつて見られたことのない光景であった。ほとんど骨抜きにされてしまったはずだったのに、それでもなお、この劇は、見る人の心の奥底を激しくゆさぶるエネルギーを秘めていたのである。

それでは、劇場をそれほどまでに感動のるつぼと化した『群盗』とは、一体、どういう内容の作品だったのだろう。この作品の題材は、同郷の革命的詩人シューバルトの、多分に新約聖書の『ルカによる福音書』第一五章の「放蕩息子」の話を連想させる小品『人間の心の歴史のために』に由来するものなのだが、シラーは勧善懲悪的な結末に終わったその話の発端部に、悲劇的方向転換のための心理的動機を与え、彼が愛読した『プルタルコス英雄伝』の、善においても悪においても「偉大」ないしは「崇高」といえる人物のような、強烈な個性の人物を主人公として、絶対的な自我主張と、革命的反抗と、宗教的心情とがモザイク的に混淆した、一つの激越な青春のドラマを作り上げたのであった。そのあらすじは次のようなものだった。

ドイツのフランケン地方を所領としていた老モーア伯爵には、性質が全く正反対の二人の息子があった。兄のカールは、遊学先のライプツィヒで悪友と共に自由奔放で無軌道な生活に明け暮れる熱血漢だったのに対して、弟のフランツは、理知的で小心で権謀術数にたけた野心家だった。ゆくゆくは家督相続権のみならず、兄の婚約者をも自分のものにしようとたくらんでいたフランツは、兄がそれまでの放縦な生活を悔い、父あてに謝罪と帰宅の許しを乞う手紙を送ってきたのを機に、一気に自分の計画を実現しようとして、その手紙を握り潰した上で、病み衰えた父には、ライプツィヒの通信員からの報告といつわって、兄の放蕩無頼の生活を誇張した自作の報告書を読み聞かせ、ことばたくみに父に取り入って父の手紙の代筆の許しを得、カールに対して厳しい勘当の手紙を書き送った。絶望したカールは自暴自棄となり、悪友にそそのかされるままに盗賊団の首領となり、天の法廷の剣の刃こぼれを自分が研ぎ直してやると豪語して、強奪殺戮をほしいままにして暴れ回った。しかし時がたつにつれ、部下の者たちの無差別的な暴行を知り、自分の行いの空しさを自覚するに至り、深い懐疑に襲われた。彼の悔恨は、手勢の何倍もの軍勢の囲みを破ってからくも逃げ延びて来たドナウ河畔で、沈んでゆく夕陽をはるかに望んだとき、決定的なものとなった。彼はその日暮らしの日雇い人夫の生活を羨む心境になっていた。そこへ一人の青年貴族が現れて、仲間に入れてほしいといった。彼は、アマーリアという、カールの婚約者と同名の婚約者を、領主の側室にするために奪われたばかりか、彼自身は国外追放の憂き目を見るはめに陥ったのだという。そのような暴政に何としても報復したいので力を貸してほしい、というわけである。それを聞いたカールは、自分の婚約者の身を案じ、大急ぎで故郷へ帰ることにする。変装したカールは、父の館で婚約者に再会し、彼女がまだ自分を愛していることに狂喜するが、同時に、自分が弟にだまされていたことを知り、愕然となる。しかも家督を彼から奪った弟は、父を地下牢に閉じ込めていたことを知るに及んで、彼の心は怒りに燃え上がった。彼は部下に弟を生け捕りにして来るように命じたが、兄の報復を恐れ、不安におびえたフランツは、カールの部下が館に乱入する直前に縊死して果てる。カールが地下牢から救い出した父は、最愛の息子が盗賊団の首領になっていたことを知って、悲嘆の余り絶命する。見知らぬ訪問者が実はカールであったことを知って駆けつけてきたアマーリアを、もはや花嫁とすることの不可能なカールは、絶望して死を望む彼女をやむなくみずから殺害し、自分のような人間が二人といたら、この世の道徳的秩序は破壊されてしまうことを悟って、身を司直の手にゆだねる決心をする。

『群盗』初演の成功は、ドイツ演劇史上画期的なものだったといわれる。しかし、それが、その後の彼の人生の軌道に、どんなに重大な影響を与えるに至るかは、そのときのシラーにはまだ知るよしもなかった。観客があんなにも感動し興奮するのを、客席の一隅でつぶさに見て、観客以上にゆさぶられた心の高ぶりは、彼にとって、抑えようにも抑え切れないものであったに違いない。暗い夜道を馬車に揺られてシュトゥットガルトへ急ぎ帰りながら、彼は、心の中で、詩人になろう、芝居を書こう、と、何度も繰り返していたのではなかろうか。事実、彼は、昼は軍医として働きながら、夜は猛烈な勢いで創作のペンを走らせた。矢継ぎ早に幾編もの詩を書き、評論を発表したばかりでなく、戯曲の第二作『ジェノヴァのフィエスコの謀反』も、たちまちのうちに形をなしていった。

『一七八二年詞華集』

このころにシラーが友人たちと共同で出版した『一七八二年詞華集』の中に収められた彼の詩には、先鋭な政治詩あり、深遠な思想詩あり、恋に恋するといった風の恋愛詩ありで、短時日に作られたにしてはまことに多彩であった。しかし、急いで作られたものだけに、熟度不足で生硬な印象のものが多いが、中には深い瞑想の跡をのぞかせるものもある。例えば、『友情』という題の、一種の汎神論的な愛の思想をその根幹とした詩の最終節の最後の二行は、のちにヘーゲルが彼の『精神現象学』の末尾を飾るものとして引用したほどのものであった。

偉大な宇宙の支配者は友なく、
孤独を感じて霊たちを創った、
　彼の至福の至福な鏡を！
至高の存在者はよし同等者を見いださずとも、
全霊界の杯の中から
　無限が彼に泡立っている。

ラウラという、イタリアのルネサンス時代の有名な詩人ペトラルカの理想の愛人の名前を借りた恋人への切実な憧れを歌った一連の恋愛詩は、シラーが旧学友の一人と一緒に下宿していたフィッシャー大尉未亡人をラウラに見立てたものとされているが、それにしても、これらは何という恋愛詩だろう。そこに歌われているのは、きわめて宗教的、形而上学的な意味での愛の苦悩だった。

泣け、ラウラよ――この神はもはや無い、
きみと私は神の美しいかけら、
だが、私たちの中では、失われた実体を取り戻し、
神性を得ようとする

飽くなき衝動が私たちを駆り立てる。（『追憶の秘密——ラウラへ』）

『一七八二年詞華集』におけるシラーの詩の中で、もう一群、注目に値するのは、「死」に関する詩群である。ゲーテは、後年、シラー追悼詩『シラーの《鐘》のためのエピローグ』の中で、「彼は若くして厳しいことばを読んだ」と歌ったが、「死」はシラーにとって、学生時代から縁遠いものではなかった。学半ばにして世を去った学友の父あてに書き送った彼の手紙の中に、次のような文章がある。

「私の愛する友の至善の御父君、私はここで、暗記した通俗的な格言を復唱したのではありません。これは、ある悲しい経験の中から私が汲み取らなければならなかった、私の心の奥底からの感情なのです。幾千度、私は、ご子息が死と戦っておられるのを羨んだことでしょう。眠りにつくときと全く同じ平静さをもって、私は私の生命を彼の代わりに差し出したことでしょう。私はまだ二一歳にもなっておりませんが、この世は私には何の魅力もないと率直に申し上げることができます。この世には、私は何の希望も持てません。この学院に別れを告げる日は、数年前ならば、喜びに胸のはずむ祝祭の日でもあったことでしょうが、私からは、もはや決して朗らかな微笑をかち取ることはないでしょう。年を重ねてゆく一歩ごとに、私はますます喜びの種を失い、大人に近づけば近づくほどに、子供のときに死んでいればよかったと思うばかりです。私の生命が私一人のものであるとしたら、私はご子息のような早い死をこそ望んだことでしょう。しかし、私の生命は母のものでもあり、私がいなくなったら困る三人の姉妹のものでもあるのです。なぜならば、私は一人息子で、しかも私の父はしだいに髪を白くし始めているのですから。」

どんなときにも、彼は死というものを見つめながら生きなければならなかったのである。たとえ愛を歌っても、シラーはこの世の無常を同時に歌わずにはいられなかった。

大地の祝祭を、はや夜の国が
　掘り崩したのではなかったか。
われらの誇らかにそそり立つ宮殿も、
　われらの都市の壮麗な偉観も
みな朽ち行く屍（しかばね）の上にあるのだ、
　きみのなでしこは甘い香を
腐朽（ふきゅう）から吸い取り、きみの泉は
　墓穴のくぼみから涙のように湧いてくるのだ。

（『メランコリー、ラウラへ』）

文学史上、シラーの詩的世界には一七世紀のバロック時代の無常感の残響が指摘されるが、事実、この詩にあるような実存的虚無感は、シラーの若い時期から、彼の文学世界の陰影をなすものであった。悲壮美は彼の作品の最もきわ立った特徴であるが、それが人の胸に強く迫るのは、彼の創作が、この詩にも見られるような彼自身の内的苦悩体験に裏打ちされたものであったからにほかならないのである。

「『群盗』は家郷に値した」

学院卒業後のシラーが解放感を味わうことができたのは、わずかな期間でしかなかった。予期しないわけではなかったが、彼の運命にとって重大な転機がやって来たのである。無断で再度マンハイムへ、つまり「外国」（マンハイムは隣邦プファルツ選帝侯国の首都だった）へ出掛けたことがばれて、二週間の禁固の刑に処せられたばかりか、『群盗』の中で盗賊の一人のいったことばをいいがかりにした、いわれもない中傷がもとで、領主の前に呼び出され、今後は医学書以外の著作は一切まかりならぬとの厳命が、領主からじきじきにシラーに言い渡されたのである。彼にとっては、まさに万事休すであった。詩人として生きようとすれば、もはや彼には逃亡以外に道はなかった。彼がのちに『ラインのタリーア予告』の中で、「『群盗』は私にとって家郷に値した」と、万感をこめて述懐した通りであった。意を決した彼は、進んで同行を買って出た忠実な友人のシュトライヒャーと共に、一七八二年九月二二日の夜半、国賓を迎えた祝宴の灯火があかあかと燃える離宮をはるかに望みながら、シラーの親友シャルフェンシュタインが警護隊の当直将校だったシュトゥットガルトの市門を、貸し切り馬車の中に身を埋め偽名を使ってひそかに抜け出ると、市の外側を大きく半円をえがいて回ったあとで、一散に馬車をマンハイムへ向けて走らせたのであった。離宮のすぐ近くにはシラーの両親の家があった。シラーはそのあたりをシュトライヒャーに指さして示しながら、小さく溜息をついて「お母さん」とつぶやいたという。彼は最後の別れのために両親の家を訪れたとき、母親には今回のことをそっと打ち明けたのであったが、将校の父親には一切内緒にしておいたのであった。そのとき以後数か月間に逃亡者としての二人のなめた筆舌に尽くし難い辛酸の日々については、シュトライヒャーの回想記に詳しく語られている（このシュトライヒャーこそ、のちにアウクスブルクの有名なピアノ製作者の娘と結婚し、やがてヴィーンへ出て、第一級のピアノ製作者となり、妻と共にベートーヴェンと親交を結び、耳のほとんど聞こえなくなったベートーヴェンのために特別なピアノを作ったりして、孤独な彼を心からの友情で支えた人であった。ベートーヴェンは若いときからシラーの『歓喜の歌』に作曲することを計画していたといわれるが、シュトライヒャーの思い出話がベートーヴェンのシラーに対する気持ちを一層強めることになったであろうということは、想像できることである）。

シュトライヒャー
クライン作

シラーはダールベルク男爵を頼りにしていたのであったが、ダールベルクは、外交的ないざこざを恐れて、彼を近づけようとはしなかった。彼に同情してくれた人々も、追手の目をくらますために、しばらくはもう少し遠くへ行っていた方がいいとさえ勧めた。そういうわけで、二人は居所を転々と変えなければならなかった。ようやくシラーが、友人ヴィルヘルム＝フォン＝ヴォルツォーゲンの母親の好意で、彼女のバウアバハの別荘に隠れ家を得ることができたのは、その年の暮の一二月初旬のことだった。

シラーの創作意欲は、そのような逆境にあっても、いささかもしぼみはしなかった。いや、むしろ、一層はげしく燃え上がったといった方が当たっていよう。彼は、バウアバハに翌年の七月まで滞在することになるのだが、四月には、早々と、『フィエスコ』の印刷を完了して出版し、ダールベルクの求めに応じて再びマンハイムの土を踏んだときには、彼の旅行鞄の中には第三作『たくらみと恋』の清書ずみの原稿が入っていた。

劇場付詩人として

マンハイムで、ダールベルクはシラーをねんごろに迎え、一七八三年九月から一年間の契約で、彼を劇場付詩人に任命した。こうして、シラーは、職業作家としての道を歩むことになった。彼は、早速、『フィエスコ』と『たくらみと恋』の脚色に取り掛かり、書き始めていた史劇『ドン＝カルロス』の完成を急いだ。この一年間に、劇場に三つの作品を提供することが、契約の条件になっていたからである。翌年一月には、選帝侯国立ドイツ協会の正会員に選ばれ、六月に行った入会記念講演『国民に対する演劇舞台の影響』（後年『道徳的施設として見た演劇舞台』と改題）は、近代市民社会において、演劇の使命は、正義の番人となり、道徳の学校となるばかりでなく、精神性と感覚性との間の均衡を失った人間の内面的調和を回復する役割を担うことである、ということを力説したものであった。一六年前にレッシングは、彼の『ハンブルク演劇論』の末尾で、ドイツ人が一つの国民とならない限り、国民劇場を作ることは不可能である、と嘆いたが、シラーは、この講演において、「われわれが国民劇場を持つならば、われわれは一つの国民となるであろう」と、いかにも理想主義者の彼らしい発言をしたのであった。

それでは、『フィエスコ』と『たくらみと恋』は、どんな内容の作品だったのだろう。また、『ドン＝カルロス』において、シラーは、どんなことを描こうとしていたのだろうか。各作品の梗概を、簡単に紹介しよう。

『フィエスコ』の舞台は、イタリアのジェノヴァである。主人公のフィエスコのモデルとなったのは、ジェノヴァの名門貴族の同名の実在の人物で、この人は、一五四七年、二五歳のときにドーリア家の支配に対する反乱をおこしたが、不運にも港で溺死した野心的な政治家であった。シラーは、この人物を彼の劇の主人公にしたとき、理想主義的な共和主義者の一面と、支配権の奪取をひそかに狙う陰謀家の一面との両面をもつ、複雑な性格の人物に仕立て上げ、そのような両面の内的葛藤が、外的勢力との戦いと重なり合って、劇の進行に複雑な様相を与えるように工夫している。

フィエスコの表立ったかたき役は、老総督アンドレーアス＝ドーリアの甥で総督の後継者となるべきジャネティーノであるが、彼にとってさらに手ごわい相手は、同志の中心人物で、硬骨漢の共和主義者ヴェリーナであった。フィエスコは、独裁者的なジャネティーノの横暴な振舞を快く思わない人々と共謀して、ドーリア家を倒し、ジェノヴァの共和制を立て直そうとするが、しかし、彼自身、権力の座に執心がないわけではない。そのことを共謀者の筆頭ヴェリーナは、早くから見抜いていた。「暴君をフィエスコは倒すだろう、それは確かだ。だが、フィエスコがジェノヴァの最も危険な暴君になるだろうということは、もっと確かなことなのだ」（第三幕、第一場）と、ヴェリーナは、未来の娘婿に向かっていう。フィエスコが内心の葛藤を克服して、共和国の主権への野望を一旦は振り捨てたその同じ夜に、彼の共謀者は、ひそかに彼を殺害する決意を固めていたのであった。そういうわけで、フィエスコは、彼の巧みな弁舌によって民衆を扇動し、ジャネティーノを倒し、アンドレーアスを逃亡させた後、みずから権力者の象徴としての緋(ひ)色のマントを身にまとい、軍船に乗り込もうとして板橋の上に立ったとき、ヴェリーナによって海中に突き落とされて、非業の最期を遂げるのである。

以上は、初版本における、まさに悲劇的な結末であるが、シラーは、上演用の脚本では、フィエスコをして、ジェノヴァ最良の市民たらんとして、一度手にした王笏(しゃく)を折って民衆に向かって投げさせるという、ハッピーエンドの結末に変更している。それにもかかわらず、彼は、この劇を、やはり「共和制の悲劇」と呼んだ。このころは、悲劇と喜劇の区別があいまいで、激情的な真剣な内容の劇は悲劇と呼ぶ学者もあったから、シラーもそのような考えに従ったのかも知れない。

『群盗』の場合もそうであったが、シラーは、この劇においても、登場人物の激情的な行動の心理的動機づけにおいて、彼が医学生時代にシェイクスピアなどから学んだ性格悲劇の手法を駆使しようとし、彼自身は、その出来栄えに大変満足していたが、しかし、その動機づけにはなお無理があり、劇の進行は、この劇の重要な道化的わき役であるムーア人ハッサンの暗躍がなければ、スムーズには先へ運ばない欠点があった。その欠点を一挙に払拭(ふっしょく)して、劇的緊張を漸層法的にもりあげてゆく緊密な構成の中で、他に類を見ないほどの劇的迫力をもつ作品として仕上げられたのが、次の第三作『たくらみと恋』であった。

『たくらみと恋』は、シラーの性格悲劇的手法のいち早い円熟を示した作品であるが、同時にそこには、生身の人間に関する彼の並々ならぬ洞察力をも見ることができる。人物たちの行動の心理的動機は、決して単純ではなく、性格的のみならず、社会的、政治的、道徳的、宗教的等々の要因の多層的な複合によって規制されたものとして、とらえられているのである。

この作品の筋は、わが国の歌舞伎の世話物によくある心中物であるが、歌舞伎と違うのは、その強烈な時代批判的精神が、情緒化されることなく、行動的なエネルギーとなって作品の全面にみなぎり、この虐げられた人々を見よ、といわんばかりに、赤裸々な現実の姿が、観客の眼前に突きつけられていることである。しかもこの作品が執筆されたのは、一七八二年の冬から翌年の初夏にかけてであったから、それは、シラーの亡命時の鬱積した正義感情を吐露したものともならずにはいなかった。そうすることによって、それは、まさしくフランス革命前夜の爛熟し切った階級社会の矛盾をあばき、解放と自由を求める当時の市民感情を雄弁に代弁するものともなったのである。

この劇の主筋は、宰相ヴァルター男爵の息子フェルディナントが、フルートのレッスンに通った音楽師ミラーの家で見初めたその娘ルイーゼと恋仲になったが、身分の違う者同士の結婚の許されない当時の階級社会的因習にはばまれ、直接的には、宰相の奸智(かんち)にたけた秘書でルイーゼに懸想していたヴルムが、ルイーゼを脅迫して書かせた、ある廷臣あてのにせの恋文を拾って逆上し、恋人の毒殺をはかり、結局無理心中をして果てる、というものである。

シラーは、相思相愛の純真な二人の若い男女が、そのような破局に陥ったてんまつを、一つの社会劇的構図の中で描いたのであった。そこには、堕落して為政者としてのモラルなどはどこにもなく、ひたすら逸楽と権謀術数に明け暮れる宮廷社会と、なお頑迷であったとはいえ、圧政に対して反抗のこぶしを振り上げる寸前にあった市民層とが、どぎつく増幅された姿で描かれている。そのような相対立する二つの勢力のあつれきの真っ只中で、純粋な愛を貫こうとしても策を知らず、世間知らずであったばかりに、宮廷人のたくらみを見抜くことができず、まんまとそのわなにかかって、二人はあえない最期をとげたのであった。

アリストテレス以来、悲劇の根本要素として多くの悲劇作家たちによって追求されてきた「同情と恐怖」の感情の喚起を、この劇ほどみごとに達成し得た作品は稀であろう。この劇は、当時「市民悲劇」と呼ばれた革新的な演劇の代表的な作品ともなった。「市民悲劇」とは、王侯貴族がもっぱら主人公となり得た当時の「悲劇」に対抗して、台頭しつつあった市民階級の自意識を代弁するものとして、あえて市民そのものを主人公に据えた悲劇のことである。この劇は、シラーの作品の中でも、特別に当時の世相に密着した作品であるが、それにもかかわらず、今日でも好んで上演されるのは、この作品が、時代的特殊性の枠を越え出て、今日にも通用する人間的普遍性を表現している、つまり古典性を備えているからであろう。

契約の非更改

それでは、第四作『ドン＝カルロス』は、どういう作品になるはずであったか。この作品に対するシラーの心構えを知る上で、大変参考になる手紙を、シラーはこの作品を書き始めたころに書いている。それは、バウアバハにいたとき、必要な図書の借り出しなどでいろいろと世話になったマイニンゲンの図書館司書ラインヴァルトにあてた一七八三年四月一四日付の手紙である。シラーはその手紙の中で次のように書いている。

「私は、彼［カルロス］をある意味では私の恋人代わりにしていることを、告白しなければなりません。私は彼を胸に抱いて——彼と共にこのあたりを——バウアバハの周辺をさまよい歩いています。(……)カルロスは、はかりを使って申しますと、シェイクスピアのハムレットからは魂を、——ライゼヴィッツのユリウスからは血液と神経を、そして私からは脈拍をもらっているのです。——それはともかく、私は、この劇においては、異端裁判を描くところでは、ぜひとも踏みにじられた人間性のための復讐をなし、あの裁判のいかがわしさを徹底的にあばき出してやるつもりです。私は、——たとえ私のカルロスがそのために舞台にのせられることはできなくなるにしても——悲劇の短剣がこれまではほんのかすり傷しか負わせられなかったある部類の人間の魂を刺し貫いてやりたいのです。」

このような文章を見る限りは、シラーは、『群盗』から『たくらみと恋』への路線、すなわち、「踏みにじられた人間性」のための報復の文学、失われた人間性回復のヒューマニズム文学の路線を歩み続けようとしていたことが分かる。

ドン＝カルロス——それは、大艦隊を擁して、世界の海に覇をとなえ、ヨーロッパの一角で絶対的な権勢をほしいままにしていたスペイン国王フェリペ二世の嫡子として生まれ、ゆくゆくは国王となるべき身の上でありながら、病弱のために重んぜられることなく、あまつさえ、自分の未来の妃に予定されていたフランス王女を父に奪われ、しかも父王に対する反逆の疑いのかどで幽閉の身となり、わずか二三歳(一五六八)で謎の死を遂げた非運の王子の名前である。

シラーは、この王子についてのフランス人サン＝レアルの手になる、多分に恋愛悲話的な『史話』をダールベルクから教えられ、その内容に興味をそそられて、戯曲化を思い立ったのであった。シラーは、自分は遅筆の方だといっていたが、しかし、カール学院の卒業論文と一緒に『群盗』を書き、軍医の仕事のかたわら『フィエスコ』の大半を仕上げ、わずか七か月ばかりのうちに『たくらみと恋』を書き上げてしまったのであったから、決して遅筆などとはいえないだろう。実際、彼は、『ドン＝カルロス』も、『たくらみと恋』のスケールをひと回り大きくした陰謀劇として、一年以内に完成できると見込んでいたようである。しかし、この題材は、彼の満足のゆくようなドラマに仕立て上げるのには、予想外の手間と工夫の要るものであった。王家の悲劇は、私人の悲劇のようなわけにはゆかなかったのである。人間の行動の動機は、そこではまことに複雑を極めていた。とうとうシラーは、この劇を契約の期間中に完成することはできなかった。その結果は、契約の非更改だった。その原因には、劇場の俳優たちの陰謀もあったともいわれているが、ともかく、シラーはお払い箱になってしまった。

再び窮地に陥ったシラーは、医者になることを真剣に考えてみたり、雑誌の編集を計画したりして、何とか活路を切り開こうと八方手を尽くしはしたものの、それまでにも重ねてきた借金の返済はおろか、新しい借金をしなければ生きてゆけないような状態にさえなっていった。息子の窮状に心を痛めながらも、家族を養うのに精一杯で、思うように金銭的な援助をしてやることのできなかった彼の父の苦しい気持ちを綴った手紙を見れば、当時のシラーの窮迫した状況が痛いほどよくわかるのである。

ケルナーらの友情

思い余ったシラーが、六か月前の一七八四年六月にファンレターを送ってよこしてくれていたライプツィヒの未知の四人のグループにあてて返事を書いたのは、そんなときであった。彼ら四人の匿名の手紙は、四人の小さな肖像画と美しい刺繡（ししゅう）を施した手紙入れと一緒に、マンハイムのシュヴァーン書店の店員を介して、シラーに届けられていた。それらの四人とは、ドレースデン上級宗教局顧問官クリスティアン＝ゴットフリート＝ケルナー、その友人ルートヴィヒ＝フェルディナント＝フーバー、ケルナーの婚約者ミンナ＝シュトックとその姉でフーバーの婚約者ドロテーア＝シュトックらであった。彼らの手紙の中には、次のような文章があった。

「芸術が、裕福で権力のある享楽者たちの、金で買える奴隷にますます成り下がりつつある現代において、偉大な人物が現れて、人間には今でもなお、いかなることがなし得るのかを示してくれることは、喜ばしいことです。現代に嫌悪を感じ、堕落した人間共のひしめく中で偉大な人物を切に待望してきた良識の者たちは、そのとき渇きをいやし、時代を超越する一つの飛躍を身内に感じ、高貴な目標を目指して進む辛苦に満ち満ちた人生行路の途上で、力づけられるのです。そうすると

また、その者たちは、力づけをしてくれた人に進んで握手を求め、目には喜びと感激の涙をかくさず、万一その人が、いったい彼の同時代人は彼の作品を贈るのにふさわしいものかどうかに疑問を抱き、疲れを覚えるような場合には、今度は自分たちの方から、彼に喜んで力づけをしたいと思うのです。」

一七八四年一二月七日、シラーは、礼状がおくれたことをわびたあとで、四月の見本市にはぜひライプツィヒに行きたいと思っている、近々雑誌を発行する予定でいるのでお知らせするのである云々、と書いた。シラーの手紙の行間ににじむ苦悩を敏感に読み取った彼らは、われわれの友人として、あなたに一日も早くお会いしたい、できるだけ早くライプツィヒに来てほしいと、口々にシラーに呼びかける手紙を書いた。まずフーバーと彼の婚約者ドロテーア＝シュトックからの手紙は翌年の一月七日付で、ケルナーからの手紙は一月一一日付で、シラーの手許に届いた。それらは、真情のこもった、読む人の心を深く感動させずにはおかない友情の手紙であった。彼らが、本当に気持ちの通じ合う人々であることを感じたシラーは、率直に自分の現在の状況を、ケルナーにあてた一七八五年二月二二日付の長い手紙の中で告白している。シラーは、自分の身辺にも、心の中にも、つい最近に革命的なことがおこったといったあとで、次のように書いている。

ケルナー
ドーラ＝シュトック画

「私は、もはや、マンハイムに留まることができません。私の最良の方々よ、私は、いうにいわれぬ精神的な苦しみの中で、この手紙を書いています。私はもうここに留まることはできません。一二日間というもの、私は、この世から立ち去る決意のようなことを、あれやこれや思い悩んできました。人間も、境遇も、天も地も、すべて、私には気にいりません。ここには、私の心の中の空虚を埋めてくれるたった一人の人間もいません。恋人も、友人も。私にとって、もしかしたら、まだ貴重であるかも知れないものからも、しきたりと状況とが私を引き離してしまうのです。――劇場とは縁を切りました。従って、私がここに滞在する経済的理由は、私にはもはやありません。ともかく、私には、現在、慈悲深いヴァイマル公へのよい伝手がありますので、自分自身でかの地に赴き、じかに自分を売り込んでみようと思っています。こういう取引には、私は、元来、全く不器用ではありますけれども。しかし、何はさておき、本当に大切な方々よ、腹蔵なくいわせてください、そして私の愚かさをどうぞお笑い下さい。――私はぜひともライプツィヒに参って、あなたにお会いせずにはいられません。おお、私の魂は、新しい糧を、――より善い人たちを、友情と、信頼と、愛情とを渇望しています。」

しかし、どんなにシラーが一日も早くライプツィヒへ行きたいと思っても、彼には、実は、そのための旅費もなく、旅立つ前に清算しておかねばならない借金もあった。そこで、彼は、発行予定の雑誌「タリーア」の残部の販売を引き受けてもいいといっている本屋があるが、と書いてよこしていたフーバーにあてて、「タリーア」の全部の販売をその本屋に任せてもいいが、それは自分がその本屋と直接に話し合って決めたいし、そのためにはぜひとも三〇〇ターラーの先払いをお願いしたい、と書き送った。ライプツィヒの人々が、早速シラーの希望を満たしたであろうということは、彼らにあてたシラーの感謝に満ちた手紙から容易に読み取ることができる。こうして、シラーは、マンハイムの最後の夜のひとときをシュトライヒャーと共に過ごし、彼が大臣になるか、シュトライヒャーが楽長になるまでは、文通し合わないことを約束して、四月九日にマンハイムを発ち、四月一七日にライプツィヒに着いて、フーバーに迎えられたのであった。ケルナーは、官吏として任地ドレースデンに赴いており、不在であった。シラーは、彼らの温かい友情に包まれて、はじめて、生きてあることの幸せを噛みしめることができた。こうして、シラーの苦難に満ちた試練の歳月は、終わりを告げた。やがて、彼は、ケルナーの招きに応じて、新婚早々の彼のドレースデンの新居に、それから約二年間、身を寄せ、理想主義的な政治観を盛り込んだ史劇『ドン＝カルロス』の執筆に心おきなく専念し、それを完成することができたのである。そのような無私的な真の友情に対する宗教的な感動を、情熱的に歌い上げたのが、あの『歓喜の歌』だったのである。それは、文字どおり、不滅の友愛の記念碑であった。

シラーのドレースデン時代の楽しかった日々を記念するものとして、シラーが残したものには、その他に、ケルナーらの生活の幾場面かをユーモラスに水彩絵の具で描いた一三枚のポンチ絵や、ケルナーの誕生日を祝って即興的に書き上げた、ケルナーを主人公にした喜劇的寸劇（今日では、『ケルナーの朝』あるいは『私はひげを剃らせた』という表題が付けられている）がある。天成の悲劇作家シラーの朗らかな冗談を、ケルナーたちの人柄が引き出したということであろう。

ケルナーらの友情は、シラーがそれ以上生き延びることさえ危うかった瀬戸際での、神によってさしのべられたといってもいいような、救いの手であった。もし、あのとき、彼らが助けなかったら、シラーはどうなっていただろう。もしかしたら、一人の非運な天才詩人として、美しい軌跡を描きながら虚空へ消えて行く流星と同じ運命をたどったかも知れないのである。彼のその後のめざましい活躍を知れば知るほど、私たちは、ケルナーらの友情の尊さを、あらためて深く感じないわけにはゆかない。シラーが歩んで来たみちのりが、どんなに苦難と危機に満ちたものであったかを見るならば、『歓喜の歌』の中にこめられた友情への、広くいって万人に対する博愛への、さらに広げてキリスト教的隣人愛への感激は、一切の功利を超越した愛への感激であって、その喜びは、彼にとっては、まさしく天来のもの、「神々の火花」とでもいう以外には形容のできないものであったことが、すなおに理解できるであろう。

友愛の賛歌『歓喜の歌』

シラーがこの詩を発表したのは、一七八六年の早春、彼の編集する「タリーア」誌第二号においてであった。この詩は、その号の劈頭（へきとう）を飾り、その始めにケルナーの楽譜が添えられていた。全体は九節、一〇八行からなり、八行の各節のあとにそれぞれ四行の「合唱」が続く唱和形式のものであった。この詩には、幾人もの作曲家が曲をつけたといわれるが、その中で一番有名になったのが、ベートーヴェンのものだったのである。

疾風怒濤期の青年詩人の気魄(きはく)そのままのこの詩は、発表されるやいなや、多くの人々の共感を呼び、人気を博した。しかし、円熟期のシラーは、この詩は欠陥だらけだとみなして、彼の『詩集』第一部(一八〇〇年)には再録せず、ただそれがすでに一般読者層の共有財産になっているという理由から、ようやく第二部(一八〇三年)に、第一節の「流俗の剣が」を「流俗の厳しく」に、「乞食たちは王侯の兄弟となる」を「すべての人が兄弟となる」に改め、最終の第九節をその「合唱」も含め削除した上で、取り入れたのであったが、詩としての芸術的完成度はどうとあれ、この詩がシラーの抒情詩の代表作であることに変わりはない。ちなみに、シラーは彼の『詩集』最終版では、この詩を第一巻の序詩のすぐ次に掲げているのである。ベートーヴェンの崇高な音楽の伴奏を得て、この詩は、今や世界中の人々の共有財産ともなっているが、それというのも、この詩の内容そのものが、あのベートーヴェンの心情を、その奥底で深くとらえるものを持っていたからに違いない。それは、魂の誠実、とでもいっていいようなものではなかったろうか。

それでは、ベートーヴェンが全く用いなかった後半部で、シラーはさらにどのようなことを歌っていたのであろうか。ここには第五節と第八節とを、次に紹介しておくことにしよう。

真理の炎の鏡の中から
喜びは探究者にほほえみかける。
美徳のけわしい丘の上へ
喜びは忍耐者の道を導く。
信仰の光かがやく山頂には
喜びの旗がひるがえり、
打ち砕かれた棺の裂け目からは
喜びが天使たちの合唱の中に立つのが見える。
　勇気をふるって耐え忍べ、百千万の人々よ！
　よりよい世界のために耐え忍べ！
　あの星空のかなたで
　偉大な神が報い給うのだ。

（……）

重い悩みには不抜の勇気を、

罪なくして泣くところには救いを、
固い誓いには永遠を、
友と敵には真実を、
王座の前では男子の誇りを――
兄弟たちよ、たとえ財産と生命にかかわろうとも、
いさおしには栄冠を、
いつわりのやからには没落を誓おう！
　この神聖な輪をより固く結び、
この黄金のワインにかけて、
誓約に忠実なることを誓え、
　あの星空の審判者にかけて誓え！

前半部に比べると、後半部では思想詩的傾向が一段と強められているが、それだけ一層、シラーの若々しい理想主義的情熱が、一気に吐露されているとの感がある。
マンハイム時代と共に、シラーの作家としての疾風怒濤的な青年期も終わる。形式の整ったフランス古典劇よりは、激しい場面転換と情熱の奔騰(ほんとう)を特色とするシェイクスピア劇を好んで手本とし

た彼の激情的な作風は、『ドン＝カルロス』の執筆時から、少しずつ沈静へ向かいつつあった。彼が一七八四年八月に、ダールベルクにあてて書いた手紙の中には、イギリス趣味とフランス趣味との適度な均衡を目指そうとする意図についての言及がある。すでに、彼は、後年の古典主義への助走に向かっていたのである。『ドン＝カルロス』の執筆において、戯曲の散文形式を捨てて韻文形式に移ったドレースデン時代は、シラーにとって、実に、彼の青年期から古典主義期への過渡期だったのである。

過渡的な作品『ドン＝カルロス』

さて、それでは、そのようなシラーの過渡期の作品『ドン＝カルロス』とは、どのような内容の作品であったか。その梗概(こうがい)をお話ししよう。

美しい自然に囲まれた離宮に来ても、王子カルロスは怏々(おうおう)として楽しまない。それというのも、もともとは自分の恋人であり、妻となるべき人であったフランス王女エリーザベェトを、父王の妃にされてしまい、今は継母としてしか接することの許されない彼女に対する恋情を、どうしても捨て切れずにいるからである。そのようなカルロスの前に、突然、彼の学友ポーザ侯爵が姿を現して、彼を驚かす。ポーザは、スペインの弾圧的統治下にあえぐ属州オランダ地方を旅して帰って来たところであった。彼は、オランダ人民を圧政から解放するように、カルロスを説得するつもりでいた。

ところが、王子は、かなわぬ恋の悩みに憔悴(しょうすい)して、学生時代の人道主義的政治理想への情熱など、すっかりなくしてしまっているように見える。ポーザは、その有様を見て、はじめは大変失望したが、その恋の情熱を逆に利用して、王子にかつての理想主義的情熱を取り戻させることを思いつく。計画は彼の思う方向へうまく運んでゆくように見えた。ところが、そこへ邪魔が入って来た。王自身の寵愛を受けていたエボリ公女が、王子に恋慕して、王子のもとへ使いをよこして自室の鍵を届けさせたのだが、王子はそれをてっきり王妃からと早合点して、喜び勇んで指示された場所へ行き、自分が誤解していたことを知ると同時に、父王の不倫をも発見して狂喜するが、そのことで、逆に公女に、自分の王妃への恋心を悟らせる結果にもなってしまったのである。公女はそれを王に密告するため、王妃の小箱からその証拠になりそうな物を盗み出して王に届ける。かねてから王妃と王子との間を疑っていた王は、事の真相を明らかにするために、二人の関係の密偵を命ずるのにふさわしい人物を近臣の中に探して、ポーザに白羽の矢を立てる。王の前に呼び出されたポーザは、臆することなく自己の理想的君主論をとうとうと述べたて、大胆にも「思想の自由をお与え下さい」とまで進言して、その勇気と見識に心を動かされた王の信頼をかちとる。王の信任を得たポーザは、それを利用して自分の計画を推し進めようと策動する。万一の場合に備えて、彼は、ことばたくみに王を説得して、王子の逮捕許可状さえも手に入れる。しかし、功を急いだポーザは、ここで、とんでもない見込み違いを犯してしまった。王子は、王の護衛長レルマ伯爵から、自分がポーザの求めに応じて手渡した手紙入れを、ポーザによって王の手許に届けられたらしいことを知らされ、その中には王妃からの手紙もあったことから、友に裏切られたと思い込み、王妃の身が危険にさらされることを恐れるあまり、無謀にも、王妃への面会の仲介をエボリ公女に頼みに行く。そのことを聞きつけ、あわてて王子を追って来たポーザは、部下に命じて王子を捕えて牢に閉じ込めさせる。事ここに至っては、自分が王子の身代わりになって王の嫌疑を一身に引き受け、王子の潔白を証明して、王子を自由にした上で、ひそかにオランダへ逃亡させる以外に道はない、と、ポーザは覚悟を決める。彼は、王妃に恋慕していたのは王子ではなくて、実は自分であったことや、反乱計画さえも持っていたことをにおわせる手紙を公然と発送して、検閲の網にかかって王のもとへ届けられるよう仕組んだ。彼の計画は、すべて、思い通りに運び、牢中のカルロスに最後の別れをするために彼を訪れたところで、ポーザは、王の警護兵に撃たれて絶命する。カルロスは解放された。しかし、彼がポーザの遺言に従って、オランダへ逃れる前に、王妃にいとまごいに行ったところを王に発見され、捕えられて宗教裁判長へ引き渡される。

この劇は、はじめ王家の家庭悲劇として構想されたが、しだいにポーザ侯爵が前面に押し出されてくるようになって、政治悲劇的色彩を強めていった。しかし、中心人物はあくまでもドン＝カルロスである。従って、この劇は、恋愛悲劇、政治悲劇、性格悲劇、状況悲劇等、複雑な様相を呈する多層的構造の劇であり、それらを一言でまとめるとすれば、「王子の教養悲劇」と名づけてもよいのではないか、と私は考えている。この場合、「教養」とは、当時のドイツ語での「精神や徳性の完成」の意味においてである。ポーザが目指したのは、まさしく、王子カルロスを新しい国王に育て上げることであったし、カルロスも、新国家建設の理想に向かって、つまずきと迷いとを繰り返したあと、前進することに決意したそのときに、破滅したのだったから、その意味で、この劇は、新国王としての自己完成への道なかばにして倒れた王子の教養悲劇と呼ぶことは、あながち的を外れたことではないだろう、と思うからである。

理想的君主論

ところで、この劇は、若いシラーの理想主義的な気魄が作品全体にみなぎり、韻文で仕上げられることによって、それだけ一層気品のある作品となっている。特にポーザのセリフの中には、シラー自身のいいたかったことではなかろうかと思いたくなるようなことばが、至るところにちりばめられている。その代表的なものを二つ、紹介しておこう。圧巻は、何といっても、王の前での彼の次のような理想的君主論である。

そうです、全能の神にかけて！
そうです――そうです――繰り返して申し上げます、

陛下が私共からお取り上げになったものを、お返し下さい。
強者らしく寛大に、人間の幸福を
陛下の豊饒の角の中から流れ出でしめ――人間の精神を
陛下の世界国家の中で、みのらせて下さい！　私共から
陛下がお取り上げになったものを、お返し下さい。
百千万の王［のごとき自由な人間たち］の王におなり下さい。
おお、そのような偉大な時にあずかる
無数の者たちすべての雄弁が
いまこの私の唇を通してほとばしり、
陛下のお眼にやどる光を
炎となって燃え上がらしめ得ますならば！――
陛下を神とあがめて、私共を無に帰する
あの不自然なしきたりを、お捨て下さい。
永遠にして真なるものの、私共への模範におなり下さい。
いまだかつて――いまだかつて、神ならぬ人の身で、
それほどの神々しい器量を所持した者はおりませぬ。

ヨーロッパのすべての王が
スペインの名をうやまっております。
ヨーロッパの王たちの先頭にお立ち下さい。
その御手のひと筆で、世界は新たに
創造されるのです。
思想の自由をお与え下さい。——

そして、王妃に今生の別れを告げ、カルロスへの伝言を頼んだポーザは、次のようにいった。

おお、あの方にお伝え下さい！　友情の中から神々しく生まれ出た、
あの新しい国家の大胆な夢を、
あの夢を実現なさるようにと。あの方が
この粗い岩石に最初に御手をお加えなさるようにと。
完成なさるか、失敗なさるかは——
あの方にはどちらでもよいことです！　御手をお加えなさるようにと。
幾世紀かが流れ去ったのちに、

神の摂理は、あの方のような一人の王子を
あの方と同じような玉座につけて、
その新しい寵児を、
同じ感激で燃え上がらせるでありましょう。
あの方にお伝え下さい。ご成人のあかつきも、
青春のもろもろの夢を大切になさるようにと。
うぬぼれた小賢しい分別という名の恐ろしい虫に
やわらかな神々しい花の心を
開いたりはなさいませぬようにと。
塵の世の知恵が、天来の感激を冒瀆（ぼうとく）しても、
迷われませせぬようにと。

まさに、シラーならではの熱情的な理想主義的心術ではあった。

試練と転機の時期

シラーにとって、マンハイム時代は、彼の生死にかかわる苛酷な試練と、生涯の転機の時期でもあった。一年間の劇場付詩人という定職は得たものの、

そのあとは再び不安定な収入に頼る以外に何の手だてもない、文字どおり貧窮のどん底にあえぐ生活が続いた。もちろん、彼には、そのような耐えがたい試練にも耐え抜くだけの覚悟はできていた。そのことの最もよい証言は、このころに仕上げられたと推察される二編の恋愛詩である。それらは、あたかも若いゲーテにおいて、激しい自我主張を疾風怒濤的激情において歌い上げた詩『プロメートイス』と、一切を包容する全能の神への放我的帰依の真情を吐露した詩『ガニュメート』とが対をなしているように、シラーにおいても、対をなしている。その一つは、自己の愛を神の掟に逆ってさえも主張しようとした詩『情熱の自由思想』(のちに『戦い』と改題された)であり、もう一つは、愛をいさぎよく断念することを宣言した詩『諦め』である。

シラーという人は、抒情詩においてさえも、自分のそのときそのときの主観的な個人的感懐を、そのまま率直に歌うことをよしとはしない詩人であった。事実、彼のすぐれた抒情詩は、そのほとんどが、思想詩と呼ばれる、哲学的、人生論的な内容のものである。彼にとっては、単なる個人的な恋愛感情を歌うことなどは、詩作に値しないことだったのである。従って、この二つの詩は、シラーの抒情詩群の中では、例外的に、彼の内心をパセティックに告白した特異なものといわねばならない。これらの詩は、シラーがドレースデンのケルナーのもとへ移ったのち、一七八六年に彼が編集発行した雑誌「タリーア」第二号に、あの友愛の賛歌『歓喜の歌』と共に掲載されたのだったが、『情熱の自由思想』と『諦め』とは、一説には、シラーのマンハイム時代の不幸な恋愛を背景にしたものだといわれている。確かに、この二つの詩の内容を見ると、なるほどそうかも知れない、いや、そうに違いない、と思えるふしもある。しかし、また別の説によると、これらの詩は、すでにシラーのシュトゥットガルトの軍医時代、『一七八二年詞華集』に収められた一連の恋愛詩と共に作られたが、宗教上の検閲に引っ掛かることを懸念して、そのときの発表は見合わせたのである、ともいわれている。これらの詩が、すでに触れたように、対をなしているという事情は、私たちに、たとえ具体的な恋愛体験を背景として歌われたものではあるにしても、道ならぬ恋に心を引き裂かれ、懊悩（おうのう）する魂の、自我主張と自我放棄という、相対立する二つの想念の表白の詩と解することの妥当性をも感じさせるのである。さらには、また、これらの詩の気分は、これらの詩が発表されたころに、シラーの雑誌に連載中であった『ドン＝カルロス』の主人公の気分ではなかったか、とも考えさせられるのである。

このように、これらの詩については、いろいろとせんさくできるのであるが、もし、この詩を、シラーの恋愛と直接に結びつけるとしたら、その相手の女性は、彼がマンハイムで知り合ったカルプ夫人であろう、ということは、ほぼ間違いないところである。この女性は、シラーがヴァイマルに行き、彼女に再会したとき、彼をヴァイマル宮廷の人々に引き合わせるのに大変骨を折ってくれたのはよかったが、今度こそシラーとの結婚を実現させようとして、夫のカルプに離婚を承諾させようとひそかに画策して、シラーを悩ませた人でもあった。シラーがのちにシャルロッテ＝フォン＝レンゲフェルトと結婚することになったときにも、彼はこの女性の妨害を避けるために、ひどく神経をとがらさねばならなかった。それらのことをも考え合わせてみると、これらの詩の悲劇的な調子は、ぎりぎりのところで踏みとどまった恋愛の切迫した状況を反映したものだったのかも知れない。とはいえ、二人の間の濃密な恋愛関係を疑問視する学者もいることを付言しておこう。

シラー自身が最終的に配列方法を定めて編集した『詩集』最終版では、『諦め』は、一連の思想詩を集めた第四巻に収められていることも、この詩を理解する上で参考になろう(『情熱の自由思想』は最終版には収録されなかった)。シラーが『一七八二年詞華集』の中の恋愛詩における理想の恋人ラウラに見立てたのが、彼の下宿の女主人フィッシャー大尉未亡人だったように、『諦め』と『情熱の自由思想』においては、彼は、カルプ夫人を、これらの詩の中の愛人ラウラに見立てたのかも知れない。ともあれ、これらの詩は、シラーには珍しく、彼の生身の人間としての苦悩の率直な表白と見てよいような調子のものなので、その一部を紹介しておくことにしよう。シラーは、これらの詩の結びで、それぞれ次のように歌っていたのである。

血の涙して諦めるなら、神は籠絡(ろうらく)されるのか。
地獄を通してのみ
神は天国への橋を架けることができるのか。

拷問具によってのみ、自然は神を知らされるのか。

おお、そのような神には、われらの神殿の門を閉ざそう、
そのような神をたたえる歌は歌うまい、
喜びの涙を今後そのような神に流してはならぬ、
そのような神は永遠にその報いを得ているのだ。

（『情熱の自由思想――ラウラが一七八二年に結婚したとき』）

「同じ愛をもって、私は私の子らを愛している！」
目に見えぬ守護神が叫んだ。
「二つの花が」と彼は叫んだ、「――人の子らよ、よく聞け――
二つの花が賢明な発見者のために咲いている、
それらは、希望と享楽というのだ。

それらの花の中のいずれか一つを手折った者は、
もう一つの花を望んではならぬ。

信じ得ぬ者は、享楽せよ。この教えは
世界と同じく永遠だ。信じ得る者は、耐えよ。
　世界史が世界の審判なのだ。

お前は希望した、お前は報酬を得たのだ、
お前の信仰が、お前にあてがわれた幸福だったのだ。
お前はお前の賢者たちから聞くこともできただろう、
人が現世に対して諦めたものを、
　永遠が返してくれることは決してないということを。」

（『諦め——ファンタジー——』）

II　新天地ヴァイマル

大学教授就任と結婚

『ドン＝カルロス』をもって、おのれの悲劇に新しい地平を拓いたシラーは、一つには、かねてからシラーの協力を希望し、この作品の初演を計画していたハンブルクの劇場監督シュレーダーを訪問するために、一つには、そのころシラーを大いに悩ましたヘンリエッテ＝フォン＝アルニムから離れるために、ヴァイマルにいたカルプ夫人の招きに応じて、一七八七年七月にドレースデンを発ち、ヴァイマルに立ち寄った。彼は、ゲーテ（当時はイタリア滞在中で不在）をはじめとして、ヴィーラントやヘルダーなど、ドイツ文壇の指導的な地位にある人々のいたこの地に、一、二か月滞在したあとで、九月の下旬にはハンブルクに行くつもりでいた。彼の当時の手紙の文面から推測すると、彼は、マンハイム時代にヴァイマル顧問官の称号を授けられていたヴァイマル公に、なんらかの形での登用を願い出ようとも考えていたようである。しかし、シラーは、ナウムブルクの宿駅で、わずか一時間の差で、ポツダムへ赴くヴァイマル公と行き違い、ヴァイマル公は九月にならないと帰って来ないと知って、大層がっかりしたのだという。

ヴァイマル到着

ヴァイマルで最初に彼を迎えてくれたのは、さきに触れたカルプ夫人であった。カルプ夫人を通して、シラーは、ヴァイマル宮廷の人々とも面識を得る機会をもつことができた。同時に、彼は、ヴィーラントやヘルダーを訪問して、彼らに温かく迎えられた。特に同郷の先輩だったヴィーラントは、シラーがことのほかに気に入ったらしかった。彼は、シラーを、彼の主宰していた雑誌の編集の協力者としてのみならず、彼の娘の婿にさえ望んでいたようである。シラーは、ヴィーラントやヘルダーに会って、自分の教養の不足を痛感させられはしたが、他方、彼なりの自信を持つこともできた。

筆まめなシラーは、ヴァイマル到着以後の彼の生活や感想を、率直に、また克明に、ケルナーやフーバーにあてて報告している。例えば、当時の彼がどのような気持ちを抱いたかを、彼は、フーバーにあてた一七八七年八月二八日付の手紙の中で、次のように書いている。

「私の当地での全経験をひっくるめていえることは、私は、自分の貧しさを認めはしますが、しかし、自分の精神をこれまで以上に評価している、ということです。他の人々と比べてみたとき、私の中に感ぜられる欠点は、努力と勤勉とによって、取り除くことができるでしょう。そうすれば、私は、私自身についての幸せな自信を、純粋かつ完全に持てるでしょう。」

シラーは、自分にとっての財産は「時」である、この「時」を

シャルロッテ=フォン=カルプ　ティシュバイン画

良心的かつ細心に利用することによって、驚くほどたくさんのことが自分には成就できるのだ、ということを自覚するに至ったのである。

実際、シラーは、猛烈な勢いで仕事を始めた。まず取り掛かったのは、『スペイン統治からのオランダ連邦離反史』の執筆であった。しかし、創作の方はあまり進まず、書き始めていた『視霊者』の筆は思うように運ばなかった。戯曲『マルタ騎士団騎士』も計画倒れに終わり、このころにできあがったのは、『ギリシアの神々』と『芸術家』の二編の長詩だけであった。

ギリシア芸術への憧れ『ギリシアの神々』　『ギリシアの神々』は、シラーのやみがたい古代ギリシア芸術への憧れを、感傷的な悲歌の形で歌ったものである。その中に次のような詩行がある。

美しい世界よ、いまいずこに。帰り来れ
自然のやさしい青春時代よ！
ああ、詩歌の幻の国にのみ
きみの麗しい名残は生きている。
さびれはてた野は悲しみに満ち、

神々の姿はいずこにも見えず、
ああ、かの生命のぬくもりの姿は
消えて影を残すのみ。

（………）

そうだ、彼らは帰っていったのだ、すべての美しきもの、
すべての気高きものを引き連れて、
すべての色彩、すべての生の響きをも、
そしてわれらに残されたのは、魂の抜殻のことばのみだ。
時の奔流の中から救い出されて
彼らはピンドゥスの丘の上に漂っている、
詩歌の中に不滅の生を享けるべきものは、
この地上では滅びゆかねばならないのだ。

この詩の中で、シラーが歌い上げた古代ギリシアの神々の世界は、まぎれもなく、一七八三年七

月にバウアバハを離れた彼がマンハイムの古代美術館を訪れたとき、初めて見たギリシア彫刻の神々の世界であった。彼は、そのときの印象を、一七八五年に「タリーア」誌に発表した『旅するデンマーク人の手紙（マンハイムの古代の広間）』と題するエッセイの中で、感激的な調子で語っている。彼が、早い時期から、古代ギリシアについて、ある程度の知識を持っていたであろうということは、『一七八二年詞華集』や論文などからうかがい知ることはできるが、疾風怒濤的激情の渦中にあったころの彼は、美術史家ヴィンケルマンが古代ギリシア芸術の核心と見た「高貴な単純と静かな偉大」を、理想とするのには、まだ程遠い気分にあった。そのような彼に対して、たとえ模造品であったとはいえ、古代美術館に陳列された一群の彫像は、彼の心をその奥底からゆさぶったのである。彼がそこに見たのは、現実の悲惨を高く超越して輝く、善美合一の人間の理想美、芸術によって先取りされた、人間の本来あるべき理想の姿の直観的表現であった。彼はエッセイの中で、次のように書いていた。

「古代の文学や美術は、なぜこれほどまでに、すべて、高貴化を目指すのであろうか。人間は、ここでは、おのれ自身がそうであったもの以上の何かを、おのれの類より偉大なものを想起させる何かを作り上げたのである。——このことは、あるいは、現在の人間は、彼が将来成るであろうところのものよりも卑小なものであることを証明しているのであろうか。——もしそうであるとすれば、美化することへのこのような一般的な傾向は、魂の永続についてのあらゆる思弁を省いてくれるものであろう。――もし、人間が、ただ人間にのみ留まるべきであるとすれば、――留まりうるとすれば、どうして神々や、これらの神々の創造者が、かつて存在したのだろうか。

ギリシア人たちは、慰めもなく哲学的思索をし、さらに慰めもなく信仰したが、――確かに、われわれに劣らず高貴に行動した。彼らの芸術作品について考えてみれば、問題は解けるだろう。ギリシア人たちは、彼らの神々を、ただ、より高貴な人間として描き、彼らの人間を、神々に近づけたのである。神々も人間も、一つの家族の子供たちだったのである。」

マンハイム古代美術館訪問は、シラーの芸術家的成長における、一つの大きな転換期を準備するものであった。それまでの彼が、創作を、疾風怒濤文学の先輩たちの影響のもとで、横溢する想像力と、荒々しい情熱のほとばしるのにまかせてきたとすれば、古代美術は、そのような彼に、神々と等しくあるべき人間の典型的な姿を描くことこそ、芸術本来の真面目であることを、圧倒的な迫力をもって示したのである。もし、それが不可能であるならば、芸術家は、そのような理想への努力を描くべきである、というのが、彼の答えであった。シラーが構想を練りつつあった新作品『ドン＝カルロス』は、まさしく、そのような要求を満たすものでなければならなかったのである。

実際、『ドン＝カルロス』に登場する人物たちの中には、もはや、『群盗』におけるフランツ＝モーアや、『フィエスコ』におけるムーア人ハッサンや、『たくらみと恋』におけるヴルムのような、意図的に悪を欲して悪をなすような悪役はいない。それぞれが、おのれの存在理由なり、行動の理由を持つものとして描かれている。カール＝モーア、フィエスコ、フェルディナントが破滅したのは、彼らが自分を神に等しいものと妄想した、その驕慢にあった。彼らの思い上がりは、報復の女神ネメシスを刺激して、その裁きを受けなければならなかったのである。それに対して、カルロスもポーザも、自由国家建設という大理想への途上にあって、国家というものの、人間というものの現実態を見通すだけの視力を持ち合わさなかったがゆえに、自らの墓穴を掘る結果を招いたのである。ひとしく悲劇ではあるにしても、はじめの三作と、『ドン＝カルロス』とは、その悲劇の質において、まったく異なるのである。

美術史家ヴィンケルマンのとらえた「高貴な単純と静かな偉大」の古典美の世界は、精神的なものと肉体的なものとが調和した円満な人格美の世界であった。そのような世界を、ギリシア芸術は実現していたようにシラーの眼には見えた。そして、それは、近代人シラーにとっては、「失われた自然」にほかならなかった。この「失われた自然」を現代において回復すること、それが、まさに芸術家の使命であることを、彼は時と共にますます痛感するようになっていった。彼のヴァイマル公国における努力は、すべてこの目標に向けられた。評論においても、美学論文においても、創作においても、彼は、この目標を追求して倦むことがなかった。

哲学詩『芸術家』　『ギリシアの神々』の次に仕上げられた哲学詩『芸術家』は、そのような彼の芸術家としての使命感と抱負とを、今度は、オプティミスティックな人間観と歴史観とを背景として、歌い上げたものであった。その中には、次のような詩行がある。

なんと美しく、おお人間よ、きみは棕櫚(しゅろ)の小枝をかざして
世紀の末に立っていることか。
気高く凛々(りり)しい雄々しさと、
開かれた感性と精神の充実とをもち、
穏やかな厳粛と力の漲(みなぎ)る静けさに満ちた、
時代の最も成熟した息子よ、
理性によって自由に、法則によって強く、
柔和によって偉大に、長年きみの胸が秘めてきた
財宝によって豊かな。
きみのいましめを愛し、
あまたの戦いにおいてきみの力を鍛え、
きみのもとで野生の中からよそおいも華やかに立ち現れた自然の、支配者よ！

（………）
勤勉にかけては、蜜蜂がきみにまさり、
器用にかけては、虫がきみの師ともなり得よう。
きみの知識は、選ばれた霊たちともきみは共有する、だが、
芸術は、おお人間よ、きみだけのものだ。

（………）
人間の尊厳は、きみたち［芸術家たち］の手にゆだねられている。
それを守れ！
それはきみたちと共におちる！　きみたちと共にそれは高まるだろう！
文芸の神聖な魔術は
賢明な世界計画に奉仕している。
静かに進み行け
偉大な調和の大洋を目指して！

『ギリシアの神々』と『芸術家』とは、その思想内容において、一見矛盾しているように見える。なぜなら、前者は、人間の文化の推移をペシミスティックに凋落と見、ギリシア文化の喪失を嘆く悲歌ないしは挽歌であるのに対して、後者は、逆に、人間の文化の推移をオプティミスティックに進歩発展の相においてとらえ、芸術が文化の仕上げをなし、多様に分化した人間精神に再び調和と統一とを与え、根源的一者へ還流せしめる、としているからである。しかし、見方を変えて見るならば、前者は、素朴的自然の喪失という懐古的な視点から、過去の黄金時代を消極的、感傷的に仰望して歌っているのに対して、後者は、未来における理想的自然への回帰を目指して、文化の完成へと高進してゆくべき人間の芸術的創造活動を、積極的行動的な姿勢において、アッピールの形で歌っている、ということができる。理想を失った悲しみと、新たな理想を求めて立ち上がる魂の奮起とが、これらの詩において、またしても、双幅的対照をなしているわけである。シラーは、人間存在そのものを愛し、肯定はしたが、それはあくまでもルネサンス以来の人間主義的な立場からの肯定であって、決して単純な現実肯定ではなかった。単純に肯定するにしては、人間の現実社会は、あまりにも矛盾に満ち、道徳的に堕落しているといわねばならなかった。彼のとりわけ青年期の作品における激しい現実社会批判と、『ギリシアの神々』の精神とは、その根を一つにしているのである。眼を現実に向けたとき、理想を失ったことを悲しむ心は、現実に対して怒る心でもある。しかし、シラーには、同時に、視野を広くとって、理想的人間性に対するゆるぎない確信があった。

現実的人間の中に、理想的人間が住んでいるということは、彼の信念であった。カントにおいては、物自体と現象界との間の二律背反の弁証論的解決が問題であったし、ゲーテにおいては、二極性と高進が問題であったが、シラーにおいては、現実的人間と理想的人間の乖離とその調和が問題であった。そのようなシラーの思考法が、これらの詩においては、別々の視点から表明されていたのである。これらの詩は、当時のシラーの文化観ならびに人生観が、一方において厭世的であると同時に、他方、楽天的理想主義的でもあったことを、映し出すものだったのである。

歴史の研究

これらの詩を書いていたころ、シラーが熱心に研究と執筆を進めていたのは、『スペイン統治からのオランダ連邦離反史』であった。『ドン＝カルロス』の歴史的背景となっていた、スペイン国王フェリペ二世の圧政的統治に対する、属州オランダ地方の反乱の模様を記した数多くの史書は、圧政のもとで苦しまねばならなかったシラーの胸を、人一倍熱くせずにはおかないものだったに違いない。彼のこの著述は、本来は、彼がまだ『ドン＝カルロス』を執筆中の一七八六年に、親しい友人フーバーやラインヴァルトの協力を得て、編集発行の計画を立て、一七八八年秋にその第一巻を出した『中・近世特異反乱史』の一部をなすものとして構想されたものであったが、膨大な史料を整理し比較検討しながら、真相を追ってペンを走らせてゆくうちに、シラーの記述にはしだいに熱がこもってきて、原稿はどんどん嵩を増し、とうとう一冊の本の分量になってしまった。幸いにも、シラーは、この著書によって、イェーナ大学の、固定給こそなかったが、教授（正式の耺名は助教授。官職にある大学教員を教授と呼ぶドイツ語の表現に従う。以下同じ）に任命されることになった。それは、フランス革命直前の一七八九年五月のことであった。

幼年期以来の夢であった牧師として、説教壇から人々に神の道を説くことはできなかったが、こうして、シラーは、教壇から、若い学生たちに向かって、彼の所信を披瀝することができるようになったのである。シラーがそれをどんなに大きな感激をもって受けとめたかは、『世界史とは何か、それはいかなる目的のために学ぶのか』と題する彼の就任講演の熱情的な調子の中によく現れている。

イェーナ大学教授就任講演

シラーの就任講演は、一七八九年五月二六日と二七日に行われた。一応、一〇〇名あまりが入れる教室が用意されていたが、何分にも『群盗』や『ドン＝カルロス』などの、革新的な闘志に溢れる作品を書いた新進気鋭の作家が講義をするとあって、学生の間では早くから大評判になり、夕方六時から始まる予定のところ、五時半にはもう教室は満員になっていたのに、学生たちはなお続々と詰めかけて来て、とうとう廊下も階段も人で埋め尽くされてしまった。そこで、講義室を変えようということになり、イェーナで一番長い通りの端にある大講義室に移動することになった。それはイェーナ大学で一番大きな講義室で、四〇〇人を収容できるものであった。

　さて、教室の変更が伝えられるやいなや、学生たちは、いい席を取ろうと、一斉に駆け出して行った。道一杯に溢れて、奔流のように疾走して行く学生たちの足音を聞いて、市民たちは、何事がおこったんだろうと、家々の窓から顔を出した。人々は、はじめ、どこかで火事がおこったんじゃないか、と疑った。「どうしたんですか」「何があったんですか」と人々は口々にたずねた。「新しい教授が講義をするんだよ！」という答えが、学生たちからはねかえってきた。このようにして、シラーは、大学教授としての上々の首尾のスタートを切った。彼は、廊下どころか、建物の入り口まで、立錐の余地がないまでに詰めかけた満堂の学生たちを前にして、頰を紅潮させながら、彼独特の理想主義的歴史観と人生観を熱っぽく語ったのであった。

　シラーは、この講演の中で、人間のタイプを二つに分け、将来の立身出世に有利な専門的知識を獲得することに汲々として、ひとたび社会に出たあとは、いたずらに保身に身をやつすのみの我利我利亡者のタイプを「パン学者」と呼び、それとは反対に、功利を超越して、自己の知識の限りない発展と完成とを目指して、広い総合的な教養を身につけようと真摯な努力を傾ける理想主義者のタイプを「哲学的精神」と呼んだ。彼は、世界史の中で、人類の文化をその完成へと向上させてきたのは、ほかならぬ「哲学的精神」であったことを力説した上で、この講演を、次のようなことばで結んだ。

「私たちの人間的世紀を招来するために、――それとは知らず、また、それを目指すこともなしに――すべての先行した時代は、努力したのでした。勤勉と天才、理性と経験とがこの世の長年月をかけてようやく私たちにもたらしてくれたすべての財宝が、私たちのものとなったのです。習慣となり、当然の財産とみなされているために、私たちが感謝することを忘れがちなそれらの財宝を尊重することを、あなたがたは、歴史によって、はじめて学ぶのです。それらの財宝は、最も優れた、最も気高い人々の血にまみれ、多数の世代の辛苦によって獲得されねばならなかった、貴重で高価な財宝なのです。あなたがたの中で、明晰な精神と敏感な情感とを兼ね備えた人のだれが、過去の人々にはもはや返済することのできない負債を、後世の人々へ支払おうというひそかな願いを抱くことなしに、このような崇高な債務を思い起こすことができるでしょうか。私たちが前時代から譲り受け、さらに豊かなものにして次の時代へ渡すべき、真理と美徳と自由との豊かな遺産に、私たちの財産の中から、何がしかの寄与をなし、人類全体を貫いてうねりゆくこのような不滅の鎖に、私たちのはかない生存をしっかりと結びつけようとの高貴な願望が、私たちの中に燃え上がらなければなりません。市民社会においてあなたがたを待っている使命が、どのように相違するものであるにしても――それに何らかの寄与をすることが、あなたがたすべてにできるのです。いかほどの功績にてもあれ、すべての功績に対して不滅への道は開かれている、たとえそれを成し遂げた人の名前は、行為の陰に隠れて忘れ去られてしまうにしても、行為が生き、そして生き続けてゆく真の不滅への道は開かれている、と私は確信いたします。」

シラーの講演は、学生たちに深い感銘を与えずにはおかなかった。感激した学生たちは、新任の教授に敬意を表するために、シラーの家の前にやって来て、音楽を奏で、万歳を三唱したという。シラーがイェーナ大学教授就任講演において披瀝した彼の理想主義的な考えは、かの『芸術家』においても表明された、人類文化の進歩前進に対する楽天的歴史観に立脚したものであった。

しかし、彼には、そのような理想主義的な巨視的視点からの、人間を信頼し、人類文化社会の進歩発展を楽天的に確信する立場と共に、現実批判的な視点からの、イギリスの啓蒙哲学者ホッブズと同様に、現実的人間の中に巣くう狼的側面を直視する立場が共存していたことを、私たちは忘れてはならないであろう。彼の処女作『群盗』は、そのような彼の厳しい人間観を、グロテスクなまでに増幅して示したものにほかならなかったのである。

そして、実際、現実において、そのような彼の厳しい人間観を裏打ちする大事件が、彼のイェーナ大学就任講演のわずか一か月半ばかりあとにおこって、彼を驚かしたのであった。フランス革命の勃発がそれである。

フランス革命は、彼の現実的人間批判の眼を鋭くしたばかりではなかった。『ドン＝カルロス』においても見られる通り、彼は、人間社会の改革は、やはり君主制の中で、英邁（えいまい）な君主によって行われるのが現実的である、という考え方を持っていた。その、たのみの君主制が、フランスでは一挙につき崩されてしまったのである。しかも、フランスにおける血腥(ちなまぐさ)い革命の推移は、彼の危機感をいやが上にも募らせることになった。革命の目標は正しい。しかし、その崇高な目標を達成するための準備が、それを遂行すべき人間に全くできていない。社会の構成単位は、一人一人の人間である。この個々の人間が、自由・平等・博愛という革命の目標に対して成熟していない限り、革命の成功はとうてい望み得ない。いかにして、人間をそのような目標に向かって成熟せしめるか。このような社会の大変動が始まったいま、芸術家のなすべきことは何か。それが、シラーにとっての、差し迫っての課題となったのである。シラーのその後約五年間の哲学的、理論的思索は、もっぱらこの課題への回答を求める努力であった。そしてその成果が、一連のすぐれた美学論文であった。

哲学教授として

シラーがイェーナ大学に教授として招聘(しょうへい)されたのは、彼の『オランダ離反史』の成果によってではあったけれども、彼の正式の職名は、歴史学教授ではなくて、哲学教授であった。そういうこともあってか、彼は、はじめのうちは歴史に関する講義をしたが、のちには美学講義もするようになった。こういう事情が、おそらく彼の美学研究に、一層の拍車をかける結果にもなったのであろう。しかも、当時、イェーナ大学の哲学教授であったラインホルトが、シラーのヴァイマル移住以来、何かと目をかけてくれた同郷の大詩人ヴィーラントの女婿で、彼と親しくしてくれたばかりでなく、ラインホルトはカントの直弟子で、大変なカント崇拝者だったから、シラーは、ラインホルトを通じて、カントの思想に親しむことにもなった。こうして、カントの思想は、シラーにとって、最重要の研究対象とさえなっていったのである。カントの影響は、シラーの歴史学講義の、例えば『モーゼの書によって見る最初の人間社会について』（一七九〇年「タリーア」誌に発表）のみならず、そもそも、彼の就任講演そのものの中に、明らかに認めることができる。しかし、シラーは、いわゆる亜流的なカント学徒ではなかった。彼は、自分の思考法とカントの思考法との違いをも、はっきりと自覚していた。その最初の現れは、彼の一七九二年から九三年にかけて行われた美学講義の筆記録の中に見ることができる。そこには、シラーが、カントの概念を援用しながら、彼自身の美についての考えを、独自に展開しようとする最初の努力が認められるのである。

シラーのイェーナ大学での教授活動は、しかし、長くは続かなかった。もともと頑健ではなかった彼の肉体は、故国を亡命して以来の無理な生活も災いして、ややもすれば病気がちとなり、ことに一七九一年の正月に肺炎のために高熱を発して倒れ、一時は死線をさまようまでの重い病気の床に伏してからは、健康がすぐれず、著作活動は継続されたものの、講義の方は、一七九三年の夏学期の美学講義を最後として、一七九三年八月から翌年五月まで新妻を伴って郷里シュヴァーベンの両親を訪問するために旅行に出たのちは、講義の予告はしても実際には行われなかったのである。

レンゲフェルト姉妹

シラーが、ハンブルクへの旅行の途上で立ち寄り、結局、彼の死に至るまで定住することになったヴァイマル公国での一八年間は、たえず病気におびやかされながらも、彼が一応の生活上の安定を得て、創作においても、思索においても、最も充実し、最も生産的だった時期であるが、同時にそれは、彼の人間関係においても、最も多彩を極めた時期だった。彼が交際した人々の中には、のちには敵対関係に入った人々をも含めて、当時のドイツ文化のみならず、その後のドイツ文化、いや、広く世界の文化の発展に多大の貢献をした人々が、たくさん名をつらねている。その筆頭には、もちろん、大天才ゲーテを挙げなければならないが、文学の世界では、ほかにヘルダー、ヴィーラント、そしてドイツ=ロマン主義運動の代表者ノヴァーリスやシュレーゲル兄弟、ドイツ文学史上に独自の地歩を築いたヘルダーリーンやジャン=パウル、思想の世界では、ドイツ観念論哲学の大立者フィヒテやシェリング、ドイツ教育・言語学界の巨星ヴィルヘルム=フォン=フンボルト、後のマインツ選帝侯カール=テオドール=ダールベルクなどを挙げることができる。

しかし、シラーを取り巻くこれら多彩な人間模様の中にあって、目立たないながら、終生かわらぬ優しい愛情をもって、病気がちの詩人を温かく包み、彼の不滅の作品の辛苦に満ちた制作を支える文字通り陰の力となったシャルロッテ夫人と、その姉カロリーネ=フォン=ヴォルツォーゲンの存在を忘れることはできないであろう。

シラーは、一体、どのようにして、この姉妹と知り合ったのであろうか。

それは、シラーがヴァイマルに来て四か月あまりのちの、一二月初旬のことだった。彼は、マイニンゲンにいる姉のクリストフィーネと、学友ヴィルヘルム＝フォン＝ヴォルツォーゲンの母親から、ヴァイマルにいるのなら、ぜひ一度こちらへも顔を見せてほしいとの招きを無下に断るわけにもゆかないまま、往復四日の道程をしぶしぶ出掛けて行ったのだった。ヴォルツォーゲン夫人には、シラーは、彼がマンハイムに亡命した際、バウアバハの別荘を隠れ家として利用させてもらった恩義があったのだから、何とか都合をつけてあいさつに出掛けて行くのは、彼にとっては当然の義務でもあったのである。しかし、彼は、かつてヴォルツォーゲン夫人の娘、従って、学友の妹であるシャルロッテとの結婚の許しを請うてしりぞけられたいきさつもあって、再会にはあまり気乗りがしなかった。ましてや、シャルロッテは近々結婚することになっていて、こともあろうに、その婚約者に著名な詩人シラーを引き合わせたいのだからとまで聞かされては、シラーが行くのをしぶったのも当然のことであったろう。何はともあれ、彼が出掛けて行ったのは、恩義に報いるため以外の何物でもなかった。

ヴィルヘルム＝フォン＝フンボルト　クラウエル作

さて、五年前に孤独な苦しい日々を過ごした思い出の場所に来てみたとき、意外にも、シラーには、さほどの感動も起こらなかった。おそらく、彼には、まだ、感傷に浸るだけの心のゆとりなどなかったのであろう。彼の頭の中は、過ぎ去った悲喜こもごもの思い出以上に、これからどうすればいいのか、という思いで一杯だったのでもあろう。ただ、彼の目を喜ばせたのは、聖書の時代さながらに、自然と調和しながら、自給自足の生活を依然として守っている、ある村の田舎貴族の屋敷の、素朴な中にも気品があり、極めて清潔で、端正なたたずまいであった。

ところが、シラーは、別の村で、それとは全く対照的な貴族の邸宅も見た。それは、城館と呼ぶのがふさわしいような構えの邸宅であった。こちらは、万事が派手で、気位の高いところがあって、シラーには共感できないものがあった。実は、この邸宅は、あのシャルロッテ゠フォン゠カルプの伯父の邸宅だった。カルプ夫人は、すでに『諦め』などの詩を見たときに触れたように、シラーにとって、宿命の女性といっていいような人物であった。彼らがヴァイマルで再会したとき、積極的な彼女は、子供まである身でありながら、シラーとの結婚を実現するために、離婚をもくろんでいたほどで、彼らは、まことに危険な関係にあったのである。そのような事情の中で、シラーは、カルプ夫人の親族に会ったのである。おそらく彼は、冷水を浴びせられる思いだったのではなかろうか。それだけに、彼がヴァイマルへの帰途、友人ヴォルツォーゲンに誘われるままに、ヴォルツォーゲンの親類先にあたるルードルシュタットのレンゲフェルト家に立ち寄ったのは、目に見えぬ大きな摂理の導きによるものだったようにさえ思えてくる。

当時、レンゲフェルト上級林務官未亡人は、既婚の姉娘カロリーネ＝フォン＝ボイルヴィッツと未婚の妹娘シャルロッテの二人と、つつましく暮らしていた。二人の姉妹は、美人というほどではなかったが、愛嬌があり、シラーは、会って間もなく、彼らにひかれるものを感じた。彼らは、最新の文学をよく読んでいて、豊かな情感と、なかなかの才気の持ち主であった。二人ともピアノが上手で、シラーたちをことのほかに喜ばせた。近郊の風景もすばらしかった。シラーの胸のうちに、近い中にぜひもう一度この家庭を訪問したいという気持ちが芽生えたとしても、それはいささかも不思議なことではなかった。

なるほど、彼は、ドレースデンのケルナーにあてて、今度の旅行について、ことこまかに書き送った手紙の終わりの方で、ヴァイマルに帰ってから、またカルプ夫人のみならず、その夫にも再会したのだが、彼の気持ちにはいささか変化の生じたことを告げ、その上、三〇を過ぎたら、もう結婚などはしないつもりだ、いまでも、もうその気にはなれない、女というものは、所詮、自分を幸福にしてくれるようなものではないし、第一、自分にも自分自身がわからない、などと書いてはいる。

しかし、そうはいいながら、シラーは、レンゲフェルト家の人々を忘れかねたらしく、彼は、このケルナーあての手紙から一〇日ばかりあとで、ヴォルツォーゲンにあてた手紙では、あなたのルードルシュタット滞在が今週だけなら、暇がなくて行けないが、春になったらぜひ行って、もう少し長く逗留したいものだということを書いている。彼がレンゲフェルト姉妹に強い関心を抱いたことは、明らかである。ヴォルツォーゲンは、そのことをレンゲフェルト家に伝えたに違いない。姉妹の方も、シラーとの再会をひそかに心待ちにしていたように思われる。

シャルロッテとの結婚

再会は、シラーが予想していたのよりは早く実現した。翌年一月末、社交上の作法見習いのために、四月までの予定でヴァイマルに来ていたシャルロッテと、シラーは、ある仮面舞踏会で出会った。このことを皮切りにして、二人の間での親密な交際が始まったのであろうということは、想像にかたくないところである。一七八八年二月から、彼らが結婚にゴールインする一七九〇年二月二二日までの二年間に、二人の間に交わされた手紙（その中にはシラーからロッテとカロリーネ両人あてのもの、カロリーネからシラーあてのものも含まれているが）は、優に三〇〇通を越えるのであって、そのことは、彼らがお互いにどんなに心と心との通い合う間柄になっていたかの証拠であろう。結婚後、二人が友人知人に出した手紙を見れば、彼らがどんなに幸せを感じていたかを想像することができる。シラーは、文字通り理想の妻を得、シャルロッテもまた、心の底からの尊敬と信頼とをもって愛することのできる夫を得たのであった。

「何というすばらしい人生の日々を、私はいま送っていることだろう！　私は楽しい気分で自分のまわりを見回し、私の心は、二六時中、安らかな満足を自分の外に見いだし、私の精神は、すばらしい栄養と休養とを享受しています。私の生活は、調和的な均衡を得、いまのところ、情熱的な緊張もなしに、静かに、そして明るく、日々が流れてゆきます。私は、いままで通りに仕事をしていますが、いままでになかったほどの自分自身に対する満足感をもって、仕事ができています。」（シラーのケルナーあて、一七九〇年三月一日付の手紙より）

シャルロッテ＝フォン＝シラー
ジマノヴィッツ画

「こうしてここ［イェーナ］からお手紙を差し上げるのは、どうしてなのか、おわかりにならないかも知れませんね。いつかはこうなるだろうということを、あなたには申し上げたのですけれど、そのことについては、あなたは何もお返事を下さらなかったところを見ると、あのお手紙はお手許に届かなかったのだろうと思います。いまは、それが本当になったのですから、ぜひお知らせしたくて、ペンをとりました。私は、一四日前から、シラーの妻になったんですよ。心の底からの、まごころからの愛が、私たちを結び合わせたのですから、私たちがいま幸せ一杯で、また末永くそうだろうと、お考え下さっていいと思います。いまほどの幸せが、この世で私に恵まれようなどとは、私は、これまで、一度だって予想したことはありませんでした。私の心は、シラーへの愛によって、何千本もの強い絆で彼に結びつけられています。私は、他のどんな夫婦にも、私のいまほどの幸せを見たことはありません。私の方も、彼に対して、私の愛情によって、彼の人生を、常に明るくして上げたいと思っています。彼は幸福だ、と私の心は私にいってくれます。ヴィルヘルムさん、あなたがシラーをはじめて私たちのところへ連れて来て下さったとき、いつかこういうことになるだろうなどと、一体だれが考えたでしょう。あなたに感謝しています、また、この幸せを、あなたを通して私に与えてくれた運命にも感謝しています。」

（シャルロッテのヴィルヘルム＝フォン＝ヴォルツォーゲンあて、一七九〇年三月九日付の手紙より）

シャルロッテの姉カロリーネも、妹に劣らずシラーを熱愛した。シラー自身も、よく二重愛といわれるほどに、年齢も彼に近いだけ、彼女と意気投合するところがあり、しかも豊かな文才に恵まれていた彼女に、大いにひかれる面はあったが、しかし、彼は、より控えめな、家庭的なロッテの方を、一層深く愛していた。姉妹はとても仲がよかったので、シラーは、新居には、カロリーネの部屋も何とかして工面しようと手を尽くしてみたほどであった。やがて、カロリーネは、ボイルヴィッツと離婚して、パリから帰国したヴィルヘルム＝フォン＝ヴォルツォーゲンと結婚（一七九四年九月二七日）したが、ヴィルヘルムが一七九六年一二月二六日にヴァイマル公国に仕官してから、シラーは、彼の死に至るまで、彼らと身内としての親しい交際を続けた。のちに、カロリーネは、『シラー伝』を著して、彼女が終生愛してやまなかった詩人のために、心のこもった永遠の記念碑を打ち建てた。

さて、貴族出身の女性との結婚が、シラーの心境ならびに生活に、少なからぬ影響を与えることになったであろうということは、想像できることである。しかし、彼のそのような結婚は、彼の青年期に著しい、いわゆる「革命性」と矛盾するものではなかった。というのは、もともと、彼は、たとえどんなに「革命的」な志向をもっていたにせよ、それは、ルターが『キリスト者の自由』において唱えた、キリスト教的人道主義の基本的思想を背景として、為政者に対しても、人間の尊厳を主張し、説教壇から堂々と政治批判を行った彼の郷里シュヴァーベンの聖職者たち（シラーが少年期から聖職者となることを人生の理想としていたことについては、すでに述べておいた通りである）と立場を等しくするものだったのである。従って、彼の「革命性」は、キリスト教的な道徳批判的な立場からのものであって、何らかの政治的イデオロギーに根差すものではなかったのである。彼においては、政治的「革命的」であったのは、あくまでも、キリスト教的道徳的である限りにおいてのことであった。そのことは、彼の処女作『群盗』以来、一貫しているところであって、その意味では、彼が、貴族の身分の人々と親交を結び、いまや貴族女性と結婚するまでになったことと、いささかも矛盾するものではなかったのである。彼にとって、身分差は、『歓喜の歌』において、「流俗の厳しく分離したもの」と歌われたように、恣意的なものでしかなく、さらに、「すべての人が兄弟となる」（初稿では、「乞食たちは王侯の兄弟となる」となっていた）と歌われたように、彼の意識の中には、すでに万民平等の思想がしっかりと根づいていたのである。ただ、シラーは、君主制を否定する立場にはなかった。彼の立場は、『ドン＝カルロス』におけるポーザ侯爵の理想的君主論に見られるような、上からの社会改革を現実的とする立場にあるのであって、その点では、フランス革命の初期に指導的な役割を演じたが急進的な革命派からはのちにたもとを分かった穏健改革派のミラボー伯爵らの、立憲君主制擁護の立場に一脈相通ずるものであった。ただ、シラーがそのような立場を、ヴァイマルに定住するようになって以後、鮮明にしたということは確かであろう。それまでの彼は、作品中の人物ポーザをして、国王に向かって、「私は王侯のしもべとなることはできません」と言わしめたばかりでなく、彼自身が、「ラインのタリーア予告」（一七八四年一一月発行）の中では、「私は、いかなる王侯にも仕えない世界市民として書くのである」とまで大見得を切って、購読者の関心を引こうとしたかと思えば、その一か月のちには、謁見を許されたヴァイマル公に願い出て、ヴァイマル顧問官の称号を与えられ、一七八五年三月発行の「ラインのタリーア」誌第一号の冒頭には、麗々しくヴァイマル公への献辞を掲げるという、どう考えてみても矛盾したことをも敢えてせざるを得ないほどに、不安定な境遇の中であえぎ続けていたのである。

シラーは、シャルロッテと結婚することになったとき、彼女が貴族の身分を放棄することへのせめてものつぐないとして、マイニンゲン公に願い出て宮中顧問官の称号を受けている。彼が結婚を決意してから、式をあげるまでに書いた手紙を逐一読んでみると、どの手紙にも、収入として見込むことのできる金額についての言及をほとんど例外なく見いだすことができるのであって、作家としての彼の置かれた不安定な生活状況の中での、苦渋に満ちた生活設計の辛酸のさまを、いまさらながらに思い知らされるのである。

ともあれ、シラーは、シャルロッテの結婚後の生活を案じて仲介の労をとってくれたシュタイン夫人（ゲーテとの恋愛関係にあったことで有名。シラーがイェーナ大学教授の地位を得ることができたのも、シュタイン夫人のゲーテへの働きかけによるものだったといわれている）のはからいで、ヴァイマル公から二〇〇ターラーの年俸を約束されたのであった。一八〇二年には、彼は、ヴィーンの神聖ローマ帝国皇帝によって貴族に列せられたが、これは、シラー夫人の姉が、自分と同じ身分を妹にも与えられるようにと、ヴァイマルの宮廷を通して働きかけて、勅許を得たのだといわれる。シラー自身は、妻子のためになることであると考え、喜んでそれを受けたのだという。

ダールベルクの支援と病気

シラーがレンゲフェルト姉妹と固い絆で結ばれたことが、彼の精神的発展に与えた影響には、計り知れないものがあった。彼がゲーテと個人的に親しくなるきっかけをつかむことができたのも、姉妹が、ゲーテと特別に親密な関係にあったシュタイン夫人と親しかったからであったし、ヴィルヘルム＝フォン＝フンボルトや、のちのマインツ選帝侯カール＝フォン＝ダールベルクと親交を結ぶことができたのも、姉妹の親友カロリーネ＝フォン＝ダッヘレーデン（一七九一年にフンボルトと結婚）のとりなしがあったからであった。

ゲーテとの親交については、あとでくわしく見ることにして、ここでは、簡単に、ダールベルクとの関係について触れておくことにしたい。

マインツ司教代行のカール＝フォン＝ダールベルクは、シラーの処女作『群盗』をマンハイム国民劇場で初演した劇場支配人ヴォルフガング＝フォン＝ダールベルクの兄で、ダッヘレーデン家とは親戚関係にあった。イェーナ大学教授に任用はされたものの、固定給のない教授の地位であったことに、経済的不安を感じたシラーは、周囲の者たちのすすめもあって、ダールベルクの知遇を得て、彼の推輓(すいばん)によって、マインツあるいはマンハイムに安定した地位を得たいと望み、彼とかなりよく会っている。ダールベルクも、シラーとその妻に特別な好意を抱き、現任者の死後に予定されている地位、すなわち、マインツ大司教ならびに選帝侯の地位に就いたら、シラーを引き立てるつもりでいた。しかし、彼がその地位に就いたのは、ようやく一八〇二年になってからのことであって、そのころには、シラーの経済的状態も改善され、しかもゲーテとの固い友情に結ばれて、古典主義的創作に専念している最中であったから、ついにシラーのマインツ行きは実現しなかった。

しかし、かなり自由な思想を抱いていたプロテスタントのシラーを、彼の結婚前後の経済的に最も不安定な時期に、信条や思想の相違を越えた高い立場から、絶えず暖かい精神的かつ経済的支援を惜しまなかったカトリックの大立者ダールベルクの器量は、シラーの心に深甚(しんじん)の感銘を刻みつけたに違いない。ダールベルクは、選帝侯になってからは、三回にわたって、シラーに経済的援助をさえ行ったのである。シラーは、一七九三年に発表した美学論文『優美と尊厳について』には、ダールベルクへの献辞を添えて、その恩義に報いようとしている。さらに、彼の最後の戯曲となった『ヴィルヘルム＝テル』にも、彼への感謝の念を表明するために、献辞を添えることを申し出たほどであった（これに対しては、ダールベルクは丁重に辞退したのだった）。ダールベルクのシラーに対する愛顧は、シラーの死に至るまで変わることはなかったのである。

さて、シャルロッテとの結婚生活によって、内的にも外的にも、一応の平和と安定とを得たシラーは、心おきなく仕事に打ち込むことができるようになった。一七九〇年の夏学期には、彼は、週五時間の歴史学の講義のほかに、週一時間の悲劇論の講義をするかたわら、大著『三十年戦争史』の執筆を開始している。彼は、このときの悲劇論の講義の原稿に手を入れて、『悲劇的対象における満足の根拠について』および『悲劇芸術について』という題の論文を仕上げ、翌々年の「タリーア」誌にそれを発表したが、そのころになると、彼は、真剣にカント哲学に取り組んでいる。

一七九〇年から九一年にかけての冬学期には、シラーは、歴史学の講義三つ、合計一一時間をこなしながら、ドイツ随一の歴史家になろうとの意気込みをもって、著作にも専念していた。ところが、過労気味であったところへ、多くの学生を前にしての講義が、元来強壮ではなかった彼の肺に過重な負担をかける結果となったことも手伝って、一七九一年一月に高熱を伴う肺炎にかかり、重態を伝えられるほどの病の床に伏す身となった。徹夜の看護には、友人のみならず、学生も進んで加わったが、その中には、のちのドイツ-ロマン主義の代表的詩人となった若いノヴァーリスの姿もあった。病状は徐々に回復したが、自宅療養が必要だったので、とりあえず九一年の夏学期は、講義を免除された。カント哲学研究が、熱を帯びはじめたのもこのころである。しかし、シラーの体力はなかなかもとにもどらなかったばかりか、五月に入って、死を予感させるほどの激しい発作に襲われ、やがて、彼の死の噂が流れるまでになった。デンマーク王子から、年一〇〇〇ターラーの援助金が三年間にわたって贈られることになったのも、このときであった。シラーは、どんなにかその厚情に感謝したことであろう。まさに天の配剤といおうか、彼が絶体絶命の苦境に立たされたとき、どこからともなく、未知の人からさえも手がさしのべられて、彼を窮地から救ったのであったが、今回もまた、それが事実となったのである。彼はその感謝のしるしとして、一連の書簡形式の論文を書き上げることを約束し、それが、のちの有名な『人間の美的教育について、一連の書簡として』となったのである。

芸術家としての使命

ところで、シラーが歴史研究や哲学的思索に沈潜していたころ、隣国フランスでは、依然として革命の嵐が吹き荒れていた。一体、シラーは、そのころ、どんな気持ちで日々を過ごしていたのだろうか。

フランス革命に対して

今日のように、世界中の情報が、マスメディアを通して刻々と伝えられるのに比べれば、人間や物資の輸送が、まだもっぱら馬車に頼らざるを得なかった当時においては、他国のニュースを詳しく知るための唯一の方法は、目撃者の話を聞くことだったらしい。フランス革命の場合も、事情は同じだったようである。シラーは、バスティーユ襲撃について、ある程度のことは聞いていたのだろうが、もっと詳しいことを、そのころパリに住んでいた友人のヴィルヘルム＝フォン＝ヴォルツォーゲンから聞きたいと、もどかしがっていたことが、彼のレンゲフェルト姉妹あての手紙の文面から想像される。しかし、ヴォルツォーゲンとの直接の連絡がついたのは、かなりあとのことだった。少なくとも、シラーのフランス革命についての最初の言及が見いだされるのは、革命勃発から三か月もあとの、一〇月三〇日付レンゲフェルト姉妹あての手紙においてである。それは、フランス革命の勃発時にパリへ出掛けて行って、その様子をじかに目撃して帰って来た、シュルツという作家の体験談の一部を、真偽のほどはわからないがと断りながら、伝えたものである。その中に、例えば次のような話がある。

「シュルツは、国王に帽章〔注、ルイ一六世はバスティーユ事件直後に和解のためにパリを訪れ、立法議会の長から国民軍の帽章を受け取った〕が手渡されるのを目撃した。国王はそれを一方の手に持ち、もう一方の手はベストにつっこんで、帽子を小脇にかかえていた。すると、突然、拍手が起こり、国王は自分も一緒に拍手すべきだと思ったのだが、両手がふさがっていてどうすることもできなかったので、とっさの思いつきで彼は帽章を口にくわえて、力一杯拍手したのだった。これは、フランス国王にはふさわしくない、思慮の足りない所行ではないだろうか。」

もし、次のような話が本当だとしたら、フランス国王の権威は、全く地に落ちていたというべきだろう。

「ヴェルサイユにおびただしい数の群衆が押しかけたとき、彼らはそこで目についた食べ物を残らずかっさらって食べてしまった。騒ぎのために、国王は朝食をとることもできなかった。他の人々は、彼のことはすっかり忘れてしまっていた。正午ごろになって、危険が去ったとき、国王は空腹を感じ始めた。廷臣の幾人かが、国王に何をお望みですかと尋ねた。国王は、鶏肉一切れと、グラス一杯の良いワインを所望した。そこで、廷臣たちはヴェルサイユ中に使いを出したが、もう何一つ残ってはいなかった。やっと持って来られたのは、一個の黒パンと、グラス何杯分かの酸っぱいワインだった。国王は、パンをワインの中に浸して、貪るようにしてそれを食べた。」

シュルツは、こういうパリでの話を、シラーの印象では、かなり尾鰭をつけて、おもしろおかしく語ったらしい。シュルツの話を伝えたシラーの手紙の文面から見る限り、シラーは、国王も国王なら、国民も国民だ、という批判的な気持ちを抱いていたことが推測されるのであるが、シラーの義姉のカロリーネが、『シラー伝』の中で、次のように書き留めた文章が、そのことを裏書きしているといえるであろう。

「このころ〔一七九〇年二月九日〕、私たちは、好感のもてる詩人ザリスと知り合いになった。（……）彼は、パリのヴィルヘルム＝フォン＝ヴォルツォーゲンの紹介状を持って来た。残虐なシーンが、かの地では始まっていた。ザリスの話と、ヴィルヘルムの手紙は、バスティーユ襲撃についての私たちの感激を粉々に打ち砕いた。私たちは、あらゆる激烈な情熱の噴火の真っ只中にいる私たちの友人は大丈夫だろうかと不安になった。シラーは、そのような出来事がおこることを、その勃発当初からすでに深刻に、また十分に予感していた。彼は、フランス人は、真の共和主義をわがものにすることのできるような国民ではない、と考えていたのである。」

このようなシラーの批判的な気持ちは、日増しに強められるばかりだった。革命的行為に対する彼の対決を、私たちは彼の『人間の美的教育について、一連の書簡として』に見ることができる。

ビュルガー批評　一七九一年一月中旬に、イェーナの「一般文学新聞」に、匿名で掲載された『ビュルガーの詩』と題する批評は、その筆鋒（ひっぽう）の先鋭を極めていることで、世人を驚かした。それが、まさかシラーの手になるものだなどとは、ビュルガーでさえも想像しなかった。自分で詩を作ったことのある者なら、こんな途方もない要求を詩人につきつけられるわけがない、と彼は思ったからである。ましてや、彼は、八か月ほど前に、イェーナを訪れた際に、シラーにも会って好感を抱き、帰宅後、ちょうど刷り上がったばかりの『詩集』第二版を、ねんごろな献呈のことばを添えてシラーに送ったほどだったから、よもや、シラーが、自分の詩人的生命に致命的な打撃を与えるような苛酷な批評を書こうなどとは、考えられもしなかったのである。

ゲッティンゲン大学の美学担当私講師だったゴットフリート＝アウグスト＝ビュルガーは、シラーより一二歳年上で、シラーがまだずっと若かったころには、彼の詩作の手本ともしたほどの才能のある詩人であった。ビュルガーは、自由奔放で激しい主我感情の沸騰を謳歌した、いわゆる疾風怒濤文学の一旗手であったが、その気風に一度は染まったシラーが、反省期に入り、古代ギリシア芸術の古典美に憧れるようになってからは、自分の作品をも含めた疾風怒濤文学に対して、否定的な態度をとるようになっていたことを、ビュルガーは知らなかった。フランス革命の推移が、民衆教育の急務であることをますます痛感させるものとなりつつあった事情が、シラーの危機意識を鋭くしていったことも手伝っていただろう。時代と共に歩むべき使命をもつ詩人は、いま、何をなすべきか。そのことについて、思いをめぐらしていたシラーにとって、ビュルガーのように、学識のある詩人であろうと、一般大衆の位置まで降りて来るべきであって、「われわれ地上に住む者が、きみたち少数者の方へよじ登って来い、などとは、いわぬがよかろう」とまでいい、大衆性こそ、詩の完全性のあかしであると公言してはばからず、感情生活の醇化(じゅんか)などということには全く思い及ばず、ありのままの大衆的な情感を歌い上げることこそ、民衆詩人の務めであると主張することなど、時代錯誤もはなはだしい、と驚くほかはなかったのである。それが、影響力の大きいビュルガーのような詩人の発言であっただけに、シラーには、なおのこと許しがたいものと思えたのだろう。シラーの筆鋒が、いやが上にも鋭利を極めざるを得なかったのも、そのような時代的背景があったからに違いない。四〇年後に、老ゲーテは、ある友人にあてた手紙の中で、当時を回想して、シラーの峻烈(しゅんれつ)な批評に対しては、ビュルガーに同情できるにしても、やはりシラーの掲げた理想は正しかったのだと、彼の立場を支持する発言をしている。

　シラーは、真の民衆詩人というものは、こうでなくてはならないと、ビュルガーの詩の批評を通して、世人に呼びかけたのだった。彼は、批評の前文において、まず、文芸の文化的使命を、次のように規定した。

「知識の拡大と、職業活動の分化との結果、必然的に分化していった人間精神のもろもろの活動力を、もう一度統合して、それらを調和的にはたらかせ、いわば全人をわれわれの中に回復することができるのは、ほとんどひとり文芸だけである。」

シラーは、この批評では、人間の精神的調和回復への使命が詩人には課せられていることを、世人にアッピールしているのである。それでは、詩人たる者は、そのような崇高な使命を達成するために、何をなすべきなのか。

シラーは、概要、次のように述べている。

詩人は、そのためには、その時代の精神と文化を糧として、それの純化され高貴化された姿を、理想化技法によって、文芸という鏡の中に写し出さねばならない。そうすることによって、世紀の中から世紀のための典範を創り出すことこそ、詩人の任務である。しかも、そのためには、詩人は、知性においても徳性においても、十分な修養を積んだ人でなければならない。教養のある人が、未熟な青二才の作品に、精神と感情のための清涼剤を見いだすことなど、できるはずはないのであって、彼が詩人に対して、自分と同じレベルにあることを要求するのは、もっともなことなのである。

「(……)従って、感情を高揚した色調で描くだけでは、不十分である。詩人も高揚して感じているのでなければならない。感激だけでは不十分であって、教養のある精神の感激が求められる。詩人がわれわれに与えうるすべては、彼の個性である。従って、この個性は、今の世にも後の世にも提示されるだけの価値がなければならない。この彼の個性を、できる限り高貴なものとなし、最も純粋で最も壮麗な人間性にまで浄め上げることが、詩人がすぐれた人々を感動させようと企てることが許される前になすべき、第一の、最も重要な仕事なのである。彼の詩の最高の価値は、興味をひく完成された精神の、興味をひく境地の、純粋かつ完璧な模写以外にはあり得ない。そのような精神のみが、われわれのために、芸術作品において描き出されねばならないのである。（……）」

「詩人が第一に必要とするのは、理想化、高貴化である。これなくしては、詩人はその名に値しない。彼がなすべきことは、彼の対象（それが形姿であれ、感情であれ、あるいは行為であれ、彼の内部にあるものであれ、外部にあるものであれ）のすぐれたところを、より粗野で少なくとも異質的な混入物から解き放ち、幾多の対象の中に分散している完全性の光を一つの対象の中に集め、均整を妨げる個々の特殊性を全体の調和に服せしめ、個人的なもの、局地的なものを、普遍的なものへ高め上げることなのである。」

シラーは、詩人というものは、このような自己修練を積み、理想化技法を自家薬籠中のものとした上で、普遍的、典型的な人間感情を描かなければならないのであって、その点、ビュルガーは、まだその修練がはなはだ不足している、理想化もできていない、従って、詩人として落第である、と、手厳しく批判したのだった。

理想主義的パトス

確かに、このようなシラーの要求を、ことば通りに受け止めるならば、一体、どんな詩人が及第できるだろうか。はたして、シラー自身、自分は合格だと思っていたのだろうか。少なくとも、これを書いたときには、彼自身にとっても、それははるかに遠い理想であると思っていたに違いないだろう。とすれば、自分にもできないような要求を、彼は、どうしてビュルガーにつきつけたのか。シラーにそれが可能だったのは、彼にとって、理想というものは、人間に到達できるかできないかということによって加減されるようなものではないのだ、理想は神的完全性である、人生の意義は、この永遠の理想目指してひたすら努力精進すること以外にはないのだ、というシラー独特の究極的な理想追求の思考法や、理想主義的パトスや、燃えるような芸術家としての使命感があったからである。シラーのカール学院時代の論文の中に、次のような文章があった。

「神と等しくあることが、人間の使命である。この人間の理想は無限である。しかし、精神は永遠である。永遠が無限の尺度である。精神は永遠に成長を続けるだろう、しかし、理想に到達することは決してないだろう。」

このような理想主義的思考法は、カントが道徳について論じたときにも現れている。カントは、彼がキリスト教的道徳律を集約したものとして掲げた純粋実践理性の原則、「きみの意志の格率が常に同時に普遍立法の原理として妥当しうるように行為せよ」は、感覚世界の中にある生身の人間には、この地上でそれを完全に実践することは永久に不可能であって、だからこそ、無限に前進向上することが要請されてくるのであり、そのためには霊魂の不滅が保証されなければならないと、彼の『実践理性批判』の中に書いたのだった。

シラーのこの批評の中での要求も、そのような理想主義的発想によるものだったのである。「求道すでに道である」ということばがあるが、そのようなシラーのパトスや使命感を感じ取るだけの心の用意がなかったら、シラーのことばは、一片の空疎な大言壮語にしか聞こえないだろう。「私が、成熟し完成した精神の持ち主でもなければ、そのような精神を、私の作品の中に描き出したこともないことを、私は、私の生涯において一瞬たりとも忘れはしないだろう」等々と、反論を書きつらねた当のビュルガー自身にも、シラーの理想論は、要するに、たわごとでしかなかった。「評者は芸術家ではない、形而上学者だ」と彼は忿懣をたたきつけた。

シラーの要求は、彼とは全く資質を異にしたビュルガーに対しては、なるほど、苛酷すぎるものだったかも知れない。事実、シラーは、後年、この批評の再版の末尾に次のように書いたのである。

「以上のように、著者は、一一年前に、ビュルガーの詩人としての功績について意見を述べた。その考えを、いまも改める意志はないが、いまなら、もっと適切な証明をつけることができるだろう。というのは、感情の方が、思考よりも正しかったからである。党派的な情熱が、この論争には混入していたのであるが、個人的な関心が沈黙すれば、読者は、評者の意図するところを正しく読み取られることであろう。」

フランス革命の推移は、真の民衆詩人のありかたについて、シラーに深刻な反省を促していたのである。現代の民衆詩人の課題は、大衆層の趣味に迎合するような詩ではなくて、大衆層の感情生活を向上せしめるような詩を作ること、そして、そうすることによって、教養階層と一般大衆層との間にある感情生活上のギャップを埋め、「すべての人が兄弟となる」というあの『歓喜の歌』の理想を実現することにあった。そして、そのための道は、遠く古代ギリシア文学の真髄として、アリストテレスもその『詩学』の中で論じた、普遍的人間性の描出を目指すこと以外にはあり得ない、とシラーは確信するに至っていたのである。詩人は、とりわけ民衆詩人をもって自任する詩人は、すべからく、ギリシア的古典性に比肩しうる古典的栄冠をかち得ようと努力すべきである、というのが、彼の力説するところだったのである。彼が「党派的情熱」といったのは、そのような意味においてであったろう。

シラー自身が、そのような理想に向かって、不退転の努力を重ねたことは、いうまでもないことである。彼が、そのような考えのもとに成し遂げた代表的作品は、長詩『鐘の歌』であり、その最も壮大な実例は、彼の最後の戯曲『ヴィルヘルム＝テル』だった。これらの作品こそ、子供も大人も、それぞれに楽しむことのできる、まさしく古典的な民衆文学の名に恥じない作品だったのである。『テル』は、伝説に基づいたシラーの創作であるとはいえ、スイスでは、建国の英雄をたたえる記念碑的作品として、今日でも、民衆による野外劇が上演されている。

「一生懸命にカントをやっています」

シラーは、彼のビュルガー批評がイェーナの「一般文学新聞」に掲載される一〇日あまり前の一月三日に、肺炎にかかって病床に伏す身となった。ようやく二月下旬になって、読書もできるようになったとき、彼が手に取ったのは、前年に出版されたばかりのカントの『判断力批判』だった。一七九一年三月三日付のケルナーあての手紙に、彼はこう書いている。

「私がいま何を読み、学んでいるか、おそらく、きみには見当もつかないでしょう。ほかでもない、カントです。彼の『判断力批判』を買い求めて読んでみると、その明快で、才気に満ちた内容に、私はすっかり魅了されてしまい、ますます深くカントの哲学を勉強せずにはいられない気持になっています。私は、哲学体系にはあまりなじみがありませんので、『純粋理性批判』はもとより、ラインホルトの幾つかの論文でさえも、いまのところはまだむずかしすぎ、それらを理解するのには、過大な時間を必要とするでしょう。しかし、美学については、これまで自分でもずいぶん考えてきましたし、この方面では、より多く経験も積んでいますので、『判断力批判』では、はるかに楽に先へ進むことができ、しかも、カントは、この著作には、彼の種々の考え方を引き合いに出し、『純粋理性批判』の中の多くの理念を『判断力批判』の中に適用していますから、私は、折りにふれて、たくさんのカントの考え方を知ることができます。要するに、カントは、私にとって、そんなに越えがたい山ではないように思えます。私は、きっと、彼をもっとくわしく研究することになるでしょう。この冬には、美学の講義をするつもりでいますので、哲学一般について、いくらかの時間を割く機会ともなるでしょう。」

それでは、シラーは、カントから何を学んだのだろうか。すでに触れておいたように、彼のイェーナ大学就任講演の中に、早くもカントの影響が認められたのだが、シラーの一七九二年から九三年にかけて行われた美学講義の筆記録の中にも、カント美学の痕跡が見いだされる。シラーは、カントに導かれながら、とはいえカントに盲従することなく、彼自身の美学的思索を進めていったのである。「美学は、芸術家を産み出すことはできない。芸術を評価することができるだけである」という彼のことばの中に、彼の美学研究の立場は、はっきりと表明されている。シラーが美学研究に深入りするに至った直接の動機は、おそらく、大学での講義の下準備にあっただろう。しかし、彼は、自己の芸術創作を絶えず反省せずにはいられない作家だった。鳥が歌うような自然さで詩を書くような、彼がのちに『素朴文学と感傷文学について』の中で、「素朴詩人」と名づけた、古代の詩人やシェイクスピアやゲーテなどのようなタイプの詩人ではなかった。彼は、自分自身は、理想を追い求める「感傷詩人」であることを自覚していた。彼のカント美学研究は、彼がそれまでの創作体験のさまざまな局面において、おぼろげながら感じ取っていた古典的芸術作品の美的原理を、自分に納得できる形において概念化するための努力にほかならなかった。彼は、一七九〇年一一月二六日付のケルナーあての手紙の中で、こう書いていたのである。

「戯曲部門での仕事は、まだかなり長い期間にわたって延期されるでしょう。私がギリシア悲劇を完全にマスターし、規則や技法に関する私の暗い予感を明瞭な概念に変えてしまうまでは、いかなる戯曲制作もしないつもりです。」

カントの『判断力批判』は、そのようなシラーのもくろみを実現するのに、十分な栄養を供給してくれたのである。

カント　バルト画

「私はいま一生懸命にカント哲学をやっています。もしきみと毎晩それについて話し合うことができたら、どんなにか楽しいことでしょう。たとえ三年かかろうとも、カント哲学を研究し終えるまでは、絶対に手放すまいと固く決心しています。」

と、彼はケルナーに書き送っている（一七九二年一月一日付の手紙）。

そして、この手紙から一年たった一七九三年二月一八日付の同人あての手紙の中で、シラーは次のようにいうことができるまでになった。

「確かに、この世の人間によって、カントの次のようなことば——それは同時に彼の全哲学の内容でもあるのですが——よりも偉大なことばは、いまだかつて語られたことがありません。それは、きみをきみ自身の中から規定せよ、というものと、理論哲学における、自然は悟性の法則の下に立つ、というものです。自己規定のこの偉大な理念は、自然のある種の現象の中から、われわれに向かって反射してきます。これを、われわれは、美と呼ぶのです。」

カントの哲学は、シラーにとって、まさに干天の慈雨のようなものだった。あたかも乾ききった土がたっぷりと雨水を吸い取って、新しい生命の苗床を準備するように、ギリシア的古典美の秘密を解明しようとして、明晰な概念を渇き求め、暗中模索していたシラーの心は、カントの思想をしっかりと吸い取って、新しい古典主義的芸術観の発芽を可能とする土壌を、用意することができたのである。もちろん、それは、シラー自身の中に、カントの思想を受け入れるだけの素地ができていたからだった。彼のカール学院時代の卒業論文や、その数年後に書かれた『哲学的書簡』などには、おどろくほどカントの思考法に似た考え方が展開されていたのである。シラーは、たとえ三年かかろうとも、といったが、彼はそれほどの歳月を必要とはしなかった。彼がカント研究を本格的に始めて、はや二年後には、彼は、カントのもろもろの概念を援用しながら、自分自身の理論を打ち立てることを試みる段階にまで至っているのである。その最も早い形を示したのが、彼の美学講義だった。残念ながら、シラー自身の手になる講義原稿は今日に伝わってはいないが、幸いにも、その概要をかなり忠実に記したある聴講者の筆録が残っていて、それは、その内容が、シラーのその後に書かれた美学論文の内容とも符合する点が少なくないところから、信頼できる記録とされているものである。この講義筆録を読んでみると、シラーが、どんなに明敏な理解力をもって、カントの思想を自分のものとしていったかがわかるのである。

ただ、ここで注意しなければならないのは、シラーはカントの哲学的思考法を、そのまま受け入れて、カントの思考方法に従って、カントの哲学を咀嚼（そしゃく）吸収したのではなかったということである。カントが、極力、心理学的説明を避けて、認識論理に徹しようと努めたのに比べ、シラーは、心理学的に、人間の趣味判断や芸術活動などの心理的機構の解明に向かったのである。彼がカントを越えたということがいわれるとすれば、それは、そういう心理的説明の限りにおいてであって、カントの論理を論破したのではなかった。ヘーゲルは、彼の『美学講義』の中で、シラーはカントの先に出た、といって称賛したのだったが、それも、その限りにおいて肯定できるのにすぎないのである。

芸術は自然の模倣である、というのは、ヨーロッパの長い伝統的な考え方である。カントも、この考え方に従いながら、自然美や芸術美についての、人間の趣味判断の批判的考察を行い、それは、概念に基づく認識判断ではなくて、快、不快の感情に基づく反省的判断であり、あくまでも主観的なものであって、何が美しいといえるか、美しいことの客観的根拠は示し得ないとした。しかし、彼は、そういいながら、『判断力批判』第一六節において、客体の美を、自由な美と従属的な美との二つに区分し、自由な美とは、対象が何であるべきかの概念を前提としないが、従属的な美は、そのような概念と、その概念による対象の完全性を前提にする、と説明し、自由な美の例として草花、鳥、貝類、唐草模様や幻想曲を挙げ、従属美の例としては、人間や馬や建物の美を挙げた。このような主張は、経験的心理的でしかあり得ないのであって、明らかにカントはここで彼自身の理論からの逸脱をあえてしていたのであるが、彼がそのように主張し得たのは、美というものを自然美を中心として考える立場に立っていたからであった。カントの美の論は、それなりに、自然の人間に対する恩恵とさえ思われるほどの、生々たる自然の不断に創造する無尽蔵の多様きわまりない美について、卓越した見解を展開したものであって、自然と天才の芸術との間の親和性をも哲学的に論証しようとした体系的哲学者カントの論に、汎神論的な自然研究者ゲーテもわが意を得たりと大いに共鳴したものであった。

ところが、理想主義的な芸術家として芸術美ならびに理想美を中心にして思索を進めていたシラーは、そのようなカントの論には不満であった。シラーには、現実における美は、すべてカントのいう従属美以外のものではあり得ない、カントが経験界における自由美の例として挙げたものも、所詮(しょせん)、従属美でしかない、と考えられたからである。従属美が自由美として感覚されるための客体における契機は何か。それを見つけ出すことこそ研究者の課題である、と彼は考えた。そのようにして、彼が、カントに導かれながら思い至ったのが、「現象における自由」という概念であった。

現象における自由

シラーの美についての思索の途上において、カントが『判断力批判』の第一版序文の中で用いた「自然の技巧」という概念や、「自然は、それが同時に芸術のように見えるとき、美しかったのであるが、芸術は、それが芸術であるとわれわれが意識しつつも、それがわれわれには自然のように見えるときにのみ、美しいと呼ばれうるのである」(第四五節)といった文章は、シラーにとって、彼の論を進める上で特別に参考になったように思われる。「見える」とは、本来そうでないものが、そうであるような外観を呈することである。現実における美は、ことごとく仮象の美である、ということを、シラーはカントの論証によって納得していた。そのようなシラーの理論的思索の、最も重要な飛躍台となったのは、おそらくカントの『判断力批判』第五九節における「道徳性の象徴としての美」という思想であったろう。カントによれば、道徳的自由とは、すぐれて自律的自由のことであった。シラーは、美とは、その自律的自由の象徴的仮象にほかならない、と彼なりにとらえたのである。そのような自由の仮象を、シラーは「現象における自由」という風に表現した。感性的世界としての「現象」と、超感性的世界にしか求め得ない「自由」の理念を、in(における)という前置詞によって重ね合わせたのは、実にすばらしい着想であった。おそらく、それは、カントの「現象」と「物自体」という二元論的世界解釈の構図に則ったものだったのであろう。このような簡潔な表現によって、「自然のある種の現象の中から、われわれに向かって反射して」くる「自己規定の」「偉大な理念」は、見事に図式化されたのである。

「現象における自由」という概念によって、シラーには、それまでかかえてきた数々の難問が、一挙に氷解してゆくように感ぜられた。新しい美の概念の確立によって、それまで未解決のままであった詩的表現における美的要素と道徳的要素との混淆の問題をも、解決することができた。思想と形象とを結合するアレゴリー的表現についても、多くの光が与えられた。さらには、彼が学生時代から頭を悩ましてきた、人間の精神性と感覚性との調和への芸術による橋渡しの可能性も、この概念が開いてくれた。ゲーテとモーリッツの「それ自体において完成されたもの」としての美という概念にも、彼なりの修正を加えることができたのである。

「美しい魂」

「現象における自由」という美の概念規定によって、シラーは、彼が青年時代から抱き続けてきた、シャフツベリ流の道徳美についても、満足できる説明を加えることができるようになった。それを論じたのが、『優美と尊厳について』と題する論文であった。シラーは、この論文においては、広く人間のさまざまな行動様式の美的側面についても論じているが、そのことは、彼の美の論が、ひとり自然美や芸術美などのような、感覚によって把捉することのできる、客体の表象における美だけではなくて、人間という主体の存在形式、ならびに、行動形式の美をも考察の範囲内に取り込んだ、いや、むしろ、これを核として美について考える、まさしく人間学的な美の論と呼んでいいものだったことに由来するのである。事実、シラーは、ゲーテにあてた一七九五年一月七日付の手紙の中で、彼の「美の形而上学」についてのゲーテの意見を聞かせてほしいといったあとで、「美そのものが、全人間性の中から取り出されているように、美についてのこの私の分析も、私の全人間性の中から取り出したものなのです」と告白している。

シラーは、この論文の冒頭で、優美とは、ギリシア神話の美の女神の魅力的な帯が美しくないものをも美しくするように、事物に美しい姿を与える美、動的な美、運動の美のことである、と説明した。しかも、彼は、このような運動美の概念によって、カントにおける「従属美」が、その美の担い手であるものに対しては外的なものに留まったのに反して、「優美は自然から与えられる美ではなくて、主体自身から生み出される美である」と解することによって、優美の担い手であるものに対して、内的な関係を打ち立てることができた。このような美についての着想は、シラーの美学的思索の展開のために、突破口を開くものともなった。彼は、そのようにして、カントがいわば外様の席しかあてがわなかった理想美に、主たるものの席を与えたのである。この理想美の究極が、この論文の白眉(はくび)をなす「美しい魂」であった。シラーは、それは、「感性と理性、義務と欲求とが調和した」心の状態であり、「その現象における現れは、〈優雅〉である」とした。しかし、この「性格美」は、「人間に与えられた課題」であり、しかも、「人間が、あらゆる努力を傾けても、決して完全には到達できない」理想である、ともしたのであった。シラーが「美しい魂」の見地から、道徳的行為の規定根拠を理性のみに求めて感性の介入を潔癖に排除しようとしたカントの道徳論を厳格に過ぎるものとして批判したことは有名である。

ところで、ここで、ぜひともつけ加えておかねばならないのは、シラーが説明のための比喩として、何度か、国家における君主と国民との関係を取り上げていることである。それは、彼が美の論を進めるとき、そこには常に政治論的問題意識が随伴していたことの、まぎれもない証拠であろう。シラーのフランス革命の初期に対する考え方については、すでに触れたところであるが、シラーがこの論文において展開した美の思想を練っていたころのフランス革命の推移は、彼にとっては、もはや、がまんのならないところにまできていた。彼が『カリアス書簡』の構想について言及した一七九二年一二月二一日付のケルナーあての手紙に、そのことを如実に示す箇所がある。

「私たちの文通は、しばらく滞ってしまいましたが、それは、きみには雑務が、私には仕事があったからでした。私は、夜は眠れないために、普通、午前が奪われてしまいますので、時間がなくなり、十分に美学について考える暇は、ほとんど残っていないのが現状です。とはいえ、美学研究は順調に進んでいますから、数か月のうちに、私の探究の成果をご覧に入れることができると思います。

美の本性についていては、随分と光が見えてきましたから、私は、私の理論で、きみをとりこにしてしまうことができると思っています。カントが不可能視した、趣味の客観的原則としての資格をもつ美の客観的概念を、私は発見し得たと信じています。私は、それについての考えをまとめて、『カリアス、または美について』という対話の形で、来春の復活祭には上梓するつもりです。

（………）

私が必要とした場合に、私の文章をフランス語に翻訳してくれる人をだれか知りませんか。フランス王をめぐる係争事に介入し、それについての覚書を書こうという誘惑を、私はほとんど抑えきれない気持ちでいます。この企ては、良識のある者のペンを動かすのに十分なだけの重要性があるように、私には見えます。そして、ドイツのある作家が、この係争事に対して、自由かつ雄弁に、自己の所信をはっきりと表明するならば、それは、多分、あの無定見な連中に、なにほどかの印象を与えることになりうるでしょう。全国民の中のたった一人でも、公然と意見を表明するならば、少なくとも、彼らは、その作家を、彼の国民の、とはゆかなくとも、彼の階層の代弁者とみなす第一印象に傾くでしょう。フランス人たちは、まさにこの係争事に関しては、他国民の意見に対して、全く鈍感というわけではないと思います。その上、まさにこの事件は、立派な事柄についての、濫用の恐れのない弁護を許すのに非常に適しています。国王のために公然と抗議する作家は、この機会に、なにほどかの重要な真理を、それをしない作家よりは、より多く語ることが許されるのであって、また実際に、より多くの信用をも得るのです。ひょっとしたら、きみは、私に、黙っているように忠告するかも知れませんが、こんな機会に、何もしないで拱手傍観していることは許されないと思います。すべての自由な考えの持ち主が黙っていたら、われわれの改善へ向けての一歩は、永久に始まらないでしょう。受け入れられる可能性があるゆえに、公然と発言しなければならない時というものは、あるものです。そして、いまがその時のように思うのです。」

シラーのそのようないらだちの背後に、君主制擁護論を見ることは、むずかしいことではない。彼にもまた、国家の改革は、上からの改革によってのみ、円満になしうるとの確信があったからであろう。しかも、シラーには、そのほかに、フランスの政情に対して、彼の態度をはっきりと表明すべき、特別な事情もあったのである。というのは、フランスの立法議会は、一七九二年八月二六日に、シラーに対して、人権のために戦った同志とみなされる他の外国作家と共に、フランス市民の称号を与える決議を行っていたからである。そのことを、シラー自身は、恐らく同年の九月中に、新聞か何かによって知ったに違いない。そういう事情も手伝って、あのような企てになったのであろうと思われる。しかし、シラーのその企ては、ルイ一六世の処刑が、翌年の一月二一日に早々と行われてしまったため、不発に終わったのであった。

シラーの、とりわけ古典主義期の創作や、美ならびに芸術に関する思索は、現実逃避的な芸術至上主義と批評されることがあるが、彼の古典主義的努力は、あのような、時代の最も緊急度の高い政治的問題との対決においてなされていたことを、銘記しておく必要があろう。たとえ、彼が学問芸術の象牙の塔に立てこもっているように見えるにしても、それは、それなりに、彼の時代の問題に対する彼自身の態度決定だったのである。

III　ゲーテとともに

古典主義への序奏

ゲーテの『幸運な出来事』

シラーが、カント哲学を学ぶことによって、彼の思念の一応の整理をし終えたとき、それまでシラーの周囲の人々がどんなに気をもんでも、一向に実現しそうになかったゲーテとの親交が、ようやく可能となった。そのきっかけとなったのは、イェーナ自然研究会のある会合のあとで、二人がことばを交わしたことであった。そのことについては、ゲーテが、のちに、『幸運な出来事』という題の小文に書き留めている。それは、ゲーテとシラーとの関係を、実に含蓄深く語った文章である。

ゲーテはこの小文のはじめで、彼が長い間シラーに対して抱いていた誤解が解消して彼の晩年の幸福の源泉となったシラーとの親交を可能にしたのは、彼がナポリやシチリア島に滞在していたときに着想を得た独自の植物変態論であったと述べたあとで、当時のことを次のように回想している。

彼が、あらゆる芸術制作の分野における真実性、純粋性への修練に努めた二年間のイタリア旅行から一七八八年六月に帰って来たとき、愕然（がくぜん）となったことは、シラーの『群盗』のような、彼にとってはもはや嫌悪の対象でしかない荒々しい作品が、洪水のようにドイツ中に氾濫していたことであった。自分がイタリアで磨いてきた芸術的感覚は、ここでは全く通用しそうにないという思いが、彼を絶望的な気持ちにさえ陥れてしまった。彼が近所に住んでいたシラーを意識的に避けたのもそのためであった。シラーの古典主義的な志向を示した『ドン＝カルロス』も、ゲーテの気持ちを和らげることにはならなかった。人間の主観の権能をせばめるように見えて、その実、主観を高い位置にすえたカントの哲学に、シラーが心酔しているように思えたことも、ゲーテには気に入らなかった。シラーは、自由と自己規定の最高の感情に酔いしれて、彼を決して継子扱いにはしなかったはずの自然に背を向けているようにさえ、ゲーテの眼には映ったのである。ゲーテとシラーとの間の思考法のへだたりはあまりにも大きくて、二人が理解し合うなどということはとても考えられないことであった。シラーの人柄にほれこんでいたダールベルクのような人の好意的な勧告も、かたくなに閉ざしたゲーテの心を開くことはできなかったのである。

「この、考え方の正反対な二人は、相互に地球の両極にある者とみなされるにしても、彼らの間の距離は、地球の直径よりももっと大きく、まさにそれゆえに、両者を一つにすることは不可能だということを、だれ一人として否定することはできなかった。しかし、そのような二人の間に、ある結合が生じたのは、次のよ

ゲーテ　リプス画

うな事情によるものだった。

シラーはイェーナへ引っ越したが、私はそこでも彼には会わなかった。ちょうどそのころ、バッチュが、信じがたいほどの活動力で、すばらしい収集や立派な装置を基礎にして、自然研究会を設立した。その定期的な会合には、私は、通常、出席することにしていた。あるとき、私は、シラーもそこに来ているのを見かけた。たまたま二人は出口で一緒になり、対話が生まれた。彼は、発表されたことに興味を持ったようだったが、しかし、彼は、あのような、自然を分解して見るようなやり方は、自然研究の素人愛好家を勇気づけることには、決してならないでしょう、と、実に鋭い洞察力による、私にとって大変歓迎すべき意見を述べた。

それに対して、私は、あんなやり方では、自然は研究者自身にとって、おそらく不可解なままでしょう、自然を個々ばらばらに分けて研究するのではなくて、自然を活動的な、いきいきとしたものとして、全体から部分へと向かってゆくものとして提示するという、別のやり方もありうるでしょう、と答えた。すると、彼は、それについてもっとくわしく説明してほしいといったが、彼の疑念を隠しはしなかった。彼は、私が主張したようなことが、経験の中から引き出されてくるなどということを、信ずることはできなかったのである。

私たちは彼の家の前まで来てしまい、対話が私を彼の家の中へと誘い入れた。そこで、私は、植物の変態について熱をこめて語り、一つの象徴的な植物の姿を、その特徴を表すいくつかの線描によって、彼の目の前に出現させた。彼は、それらすべてを、大きな関心と、明敏な理解力とをもって聞き、見ていたが、私が語り終えたとき、彼は首を横に振って、《それは経験ではありません、それは理念です》といった。私は、はっとなり、幾分不機嫌になった。なぜなら、私たちをへだてていた点が、それによってきわめて鮮明に現れてきたからである。『優美と尊厳』のあの不快な箇所が、またしても私の脳裏に浮かんできた。かつての憤りが、頭をもたげそうになった。しかし、私は、気を取り直してこういった。《私が、そうだとは知らずに、理念を持ち、しかもそれを目で見ているとは、私にとって大変喜ぶべきことかも知れませんね》と。」

当時、シラーは、「ホーレン」という雑誌の発行を計画し、ゲーテにも寄稿を依頼しようとしていたので、ここでゲーテを敵にしてしまっては困るので、ゲーテに自分の考えを理を尽くして説明し、どうにかゲーテと仲直りすることができた。二人は、甲論(こうろん)乙駁(おつばく)の議論の末に休戦協定を結んだ。

対話するシラーとゲーテ

「両者のうちのどちらも、自分を勝者とみなすことはできなかった。両者とも、お互いに、自分は負かされてはいないんだ、と感じた。次のようなことばは、私をひどく不幸にしたものであった。《理念に適合するような経験が与えられるなどということが、どうしてあり得ましょう。なぜなら、理念に経験は決して合致し得ないという、まさにそのことの中に、理念の独自性があるからです。》私が経験といったものを、もし、彼が理念だと思うのだとしたら、二人の間には、何か仲立ちするもの、二人を結びつけるものがあるに違いなかった。とにかく、第一歩は踏み出された。シラーの引力は大きかった。彼は、彼に近づく者をすべてとらえて離さなかった。私は、彼の企画に力を貸し、ひそかに書きためていた原稿のいくつかを、『ホーレン』に提供することを約束した。彼の妻は、彼女の子供のときから私は好感を抱き、常々敬意を払ってきた人だったが、私たちの永続的な相互理解のために、何くれとなく世話を焼いたのだった。私たちの各々の友人たちは、みな喜んだ。こうして、私たちは、客観と主観との間の最大のおそらくは決して完全には調停し得ない論戦を通して、私たちばかりでなく、他の人々にも多くの利益をもたらした永続的な絆を、しっかりと結んだ。」

このとき以後、シラーはゲーテと固い友情に結ばれて、ドイツ文学史上の最高峰として、後年、ドイツ古典主義と称えられる文学の一様式を築き上げた。彼らは、足しげく行き来したばかりでなく、総計一〇一五通にのぼる往復書簡によって、絶えず意見を交換し合い、励まし合った。それほどまでに親しく交際した間柄でありながら、彼らは、ついに一度も、親友間では当然の親称の du を用いることなく、常に他人行儀な敬称の Sie を使用したが、それは、あんなに気質も考え方も違う二人の間を、円満に維持するためには、一定の距離を保つ方がいいと、ゲーテが慎重に考えたことに由来するものだったのかも知れない。

論文『人間の美的教育について』

シラーが、一七九一年に彼の死の噂が流れたほどの大病にかかり、コペンハーゲンのアウグステンブルク王子から、静養のための資金として、三年間の援助金を約束されたことについては、すでに触れたところであるが、シラーはその厚意に対する感謝のしるしとして、一七九三年七月から一連の手紙の形で、王子に彼の最新の「美の哲学に関する諸理念」を出版にさきがけて書き送った。それは、現存の記録では、一七九三年一二月までで中断されている。それには、一七九四年二月下旬のデンマーク王宮の火災によって、王子の所持品もろともにシラーの手紙も全部焼失してしまったという事情もあったが、シラーがこれをかねてから発行を計画していた「ホーレン」誌に掲載することに踏み切ったという理由もあったようである。幸い、シラーは写しをとっていたので、復元することは容易であった。私たちが今日見るシラーの『人間の美的教育について、一連の書簡として』と題する全二七書簡からなる論文は、こうして、彼のアウグステンブルク王子あての一連の手紙の内容に手を入れてできあがったものだった。彼がそのように踏み切ったことの背景には、一七九四年に入って、ゲーテや哲学者フィヒテとの交際を通して、彼の思索に少なからぬ進展のあったことをも指摘することができる。「ホーレン」は一七九五年一月にその第一号が出、その中にはこの論文の第九書簡までが収められていた。

アウグステンブルク王子　ラーデ作

シラーがこの論文において彼独自の美的教育論を展開するにあたって、その強固な基盤となったのは、彼自身が率直に告白しているように、カントの思考法、正確にいうと、美の表象は「想像力と悟性との自由な戯れ」の中に現れるという、彼の『判断力批判』における思考法であった。感覚と精神との協調という考え方は、シラーの第一卒業論文における、ライプニッツの「予定調和」の思想を背景とした「中間力」という考え方以来、シラーには親しい思考法であるが、フィヒテのように「美的衝動」というような第三の能力を立てることなく、理性的な衝動と感性的な衝動との協働を「遊戯衝動」としてとらえるという天才的な着想によって、カントの美の理論に新しい展開の地平を切り開いたところに、彼の理論の卓越性があったのである（そのような見解の相違が、シラーとフィヒテとの疎隔の原因となったのは不幸なことであった）。

さて、シラーのこの美的教育論には、五つの重要な柱をなす概念がある。それらは、「遊戯衝動」、「生動的形姿」、「美的状態」、「美的仮象」、「美的国家」である。これらのうち最も有名なものは、最初に挙げた「遊戯衝動」であるが、フランス革命との関連で見るならば、「美的国家」という概念が、この論文の最もユニークな側面を代表しているといえるだろう。しかも、これが、この論文の出発点であったことは、アウグステンブルク王子あての手紙からも明らかであるが、この論文の第二書簡の中に次のような文章がある。

「期待に満ちて、哲学者の目も世人の目も、いま、人類の大きな運命が問われていると思われる政治の舞台に注がれています。この一般的な対話に参加しないのは、社会の福祉に対する、非難に値する無関心を示すものではないでしょうか。この大きな権利争いは、その内容と結果ゆえに、人間と名乗るすべての人間にとって重大であるだけ、それだけまた、その審理の方法ゆえに、すべての自由な思索者の関心を特別にひくものに相違ありません。これまでは、強者の盲目的な法のみによって答えられてきた問題が、いまや、純粋な理性の裁判官席の前に持ち出されているように思われます。全体の中心に身を置き、自己の個人としての見地を、人類としての見地に高めることができる人なら、だれでも、自分もあの理性による審理の陪席者なのだとみなしてよいのですが、そうすると、彼は、人間として、世界市民として、同時に党派でもあるわけですから、遠近の差こそあれ、その結果に自分も巻き込まれていることを知るのです。

（………）

私がここで扱う材料は、現代の要求に対して、現代の好みに対するよりもはるかに疎遠なものなどではないということ、いやそれどころか、あの政治的問題を実際に解決するためには、美的世界を通ってゆかねばならない、なぜなら、自由へ至る道は美なのだから、ということを、あなたに確信して頂きたいものと思っています。しかし、この証明は、そもそも理性が政治的立法の際に指導的理念とする原則を思い起こして頂くことなしには、行い得ないのです。」

シラーが、この論文において論じようとしたことは、決して現実逃避的な芸術至上論ではなかった。それは、当代の焦眉（しょうび）の急の問題を解決する方法としての美的教育、ことばを換えれば、芸術による人間教育の論であった。フランス革命の凄惨（せいさん）な推移を聞くにつけて、彼が痛感したのは、フランス革命が目指している自由国家建設という目標を達成するためには、そのような国家の構成単位となるべき国民の一人一人が、それを担うことのできる自由人にまで育成されていなければならないということであった。そして、そのような目標に到達するための道は、人間の精神的調和を回復する芸術による美的人間教育のほかにはないということを、彼はこの論文において力説したのである。私たちがここで忘れてはならないのは、この書簡論文の受取人は、もともと、未来の国政をあずかるべきアウグステンブルク王子だったということ、だから、王たるべき人こそ率先してこのような教育を行うべきである、といっていることである。新しい社会を作るためには、その社会の構成員の一人一人をまず教育しなければならないが、その教育を実施するためには、政治の力がぜひとも必要であるということを、シラーの現実感覚は、はっきりと認識していたのである。彼は単なる観念論者ではなかった。かの『ドン＝カルロス』におけるポーザ侯爵の理想主義は、ここにも形を変えて現れているわけである。

「人間は美とだけ遊ぶべきです」

この論文におけるシラーの美的教育思想を論ずる人たちが、必ずといってい いほどよく引用する有名なことばがある。それは、次のようなものであった。「人間は美とはただ遊ぶべきであり、しかも美とだけ遊ぶべきです。なぜならば、ここできっぱりと申し上げますが、人間は、文字通り人間であるときにのみ、遊ぶのであり、遊ぶときにのみ、完全に人間なのですから。」

シラーがここで「遊ぶ」というとき、その「遊び」は、もちろん、私たちの日常における「遊び」とは全く次元の違った「遊び」である。彼において「遊び」とは、人間の感覚的側面と精神的側面とが調和して、彼のいう「素材衝動」の対象としての「生命」と、「形式衝動」の対象としての「形象」とが合致して、「形象がわれわれの感覚において息づき、生命がわれわれの思考においてみずからを形づくる」とき、はじめて実現される心の調和的状態のことであった。それは生動する形象をありありと見る境地でもある。そのような境地は、現実の人間によっては永久に達成されることのない究極の理想の境地であるが、シラーは、このような究極の理想の境地において、はじめて人間は真の自律的自由を得るのであるから、この理想の方向において人間教育は行われなければならない、といっているのである。シラーがこのように主張し得たのは、彼が「理念」としてしか理解し得ないものを、実際に「経験した」と発言して彼を驚かしたあのゲーテの「根源植物」に関する洞察、ゲーテのいわゆる「対象的思考」が、そのような「遊び」の可能性を彼に確信せしめたからでもあったろう。

シラーの美的教育論は、現代においても、多くの学者の思索を刺激する彼の代表的な論文である。しかし、ここでは、この浩瀚な論文の内容について、詳しく説明するだけの紙数もないので、彼の主張のしめくくりとしての「美的国家」論の終わりの部分を紹介するのに留めることにしよう。

「美的国家においては、すべてのものが――使われている道具でさえも、最も身分の高い者と同じ権利を持つ、自由な市民なのです。そして、忍従する素材を自分の目的のために暴力的に屈服させる悟性は、ここでは、素材に同意を求めなければなりません。従って、ここ美的仮象の国においては、平等の理想が実現されるのです。(……)」

以上のように論じきたったシラーは、しかし、この論文の末尾に、次のように書き添えざるを得なかった。それは、おそらく、彼の現実に対する、否定しようにも否定できない、深いペシミズムの表明でもあったのだろう。

「しかし、美しい仮象のそのような国家は、実際に存在しているのでしょうか。どこにそれは見いだしうるのでしょうか。要望という点からいえば、それはすべての高尚な気持ちの人々の心の中に存在しています。しかし、実際にあるかという点からいえば、それは、ちょうど純粋教会とか、純粋共和国とかと同様に、多分、ただ、二、三のわずかな選ばれたサークル――そこでは、人間の行動は、他国の風習の愚かな模倣ではなくて、人間自身の美しい本性によって導かれ、人間は、複雑きわまりない世情の中を、大胆な単純さと、平静な純潔さとをもって進み、自分の自由を主張するために、他人の自由を侵害する必要もなければ、優美を示すために、自分の尊厳を放棄する必要もない――そういうサークルの中にしか見いだし得ないでしょう。」

シラーは、彼がこの論文において提案した美的教育、現実的人間をその中に内在する理想的人間へと高め上げることが、どんなに至難のわざであるのかを認めないわけにはゆかなかった。それは、限られた範囲内の、選ばれた人たちにおいてしか実現できないのかも知れない。払いきれないペシミズムが頭をもたげてきて彼の心を暗くする。にもかかわらず、そう、にもかかわらず、人間は、不退転の決意をもってその実現に勇往邁進(ゆうおうまいしん)せねばならぬ。それが、理想主義者シラーにとって、人生の使命であり、存在の至上命令であった。

「素朴詩人」と「感傷詩人」　アウグステンブルク王子あての手紙の中に、すでにその萌芽を見せていた類型的な詩人論の構想を、美的教育論の改稿を進めるかたわらで練っていたシラーは、美的教育論の「ホーレン」誌での連載を第二七書簡で打ち切ることに決めると、さらに短い数編の美学論文を書き上げると共に、類型的詩人論の執筆を始め、一七九五年一一月、一二月、そして翌年一月の三回に分けて、それを「ホーレン」誌に発表した。それは、のちに、『素朴文学と感傷文学について』という題の論文にまとめられたもので、類型的な人間論のはしりとされるものである。

シラーは、古代ギリシア詩人の特徴は「素朴」であるとし、それに引き換えて、近代詩人の特徴は、「感傷」的であるとした。彼のいう「素朴」とは、それ自体が自然と一致していることを意味し、「感傷」的とは、失われた自然を求めることを意味した。そして、彼は、近代詩人の中でも、シェイクスピアとゲーテは、「素朴詩人」の範疇（はんちゅう）に属するものであること、それに対して、自分は「感傷詩人」の範疇に属し、従って、自分とゲーテとは質を異にする詩人同士であることを確認したのであった。ここで大切なことは、この区別は、優劣の区別ではなくて、質の区別だということである。彼は、美的教育論において、感性的なものと理性的なものとの間に、上下あるいは優劣の区別をすることなく、人間にとって平等に大切なものとの立場をとったのであったが、ここでも、その姿勢は貫かれているわけである。彼は、また、「素朴詩人」の性格を現実主義者、「感傷詩人」の性格を理想主義者の側に区分して、その生き方の違いをも論じている。

思想詩『挽歌』

シラーが美的教育論を書き終わるやいなや、それまで抑えに抑えられてきた創作欲が、もはや待ち切れなくなったかのように、一どきに噴き上げてきた。彼は、詩想のおもむくままに、矢継ぎ早に一連の詩を完成していったが、それらの詩は、思想詩と一般に呼ばれる詩のジャンルの中で、ひときわ目立った位置を占めるものである。思想詩という名称は、われわれ日本人には馴染みの薄い名称であるが、ヨーロッパの詩の歴史の中では、確固とした地位をもつもので、特にドイツでは、中世以来の伝統があり、すぐれた作品が多く生まれている。狭義の抒情詩が、感情体験を主観的に叙した詩であって、その代表的なものが恋愛詩であるとすれば、思想詩は、思想体験を主観的に叙した詩であって、その代表的なものは宗教詩であるといっていいだろう。だから、思想詩は、「思想を述べた詩」という風な理解では、とてもその内容の深みに迫ることなどできないような、詩人の深遠な世界観、透徹した人生観を情操の内実として叙したものなのである。それは、まさしく、シラーが美的教育論において強調したような、人間の知的側面と感情的側面との調和した、精神の「美的状態」の表現にほかならなかった。そこでは、思想は、「いきいきとした形象」、すなわち、美しい形象に象徴化されて、読者の前に現れてくるのであって、思想が単に美しいことばで述べられているのではないのである。シラーの美学的思索以前の詩には、しばしばそれが見られた。例えば、彼が詩作当時は得意であった哲学詩『芸術家』でさえ、その欠点がヴィーラントによって厳しく批判されたのであった。

それでは、どのような詩が、シラーにとっては、本当の詩とみなされたのだろうか。その最もよい例として、形式的にも、内容的にも、「哀歌」そのものといっていい作品『挽歌』を紹介しよう。

美しいものも、滅びゆかねばならぬ！　それは人をも神々をも服せしめるが、
　冥界の王の堅い胸だけは動かすことができぬ。
ただ一度だけ、愛が、冥界の支配者を柔和ならしめたが、
　瀬戸際で、厳しく、彼は贈りものに帰れと命じた。
猛々しい猪が美少年の優しい肉体に彫りつけた瀕死の傷の痛みを
　美神アフロディテも鎮めることはできなかった。
神々しい英雄を、不滅の母もついに救うことはできなかった、
　彼がトロイアの城門のかたわらに倒れ、彼の運命を成就したときに。
だが、女神は、海中より、ネレウスのすべての娘を引き連れて立ち現れ、
　声を上げて、ほまれ高かりし子息のために嘆いた。
見よ！　神々が泣いている、女神たちも、みな、泣いている、
　美しいものが逝き、全きものが滅ぶ、と。
いとしいものたちの口の中で、嘆きの歌となることも、また、すばらしい、
　なぜなら、凡俗のものは、音なく冥界へ降りて行くのみなのだから。

シラーがここで表現しようとしたのは、彼が地上で最高の価値のあるものとした美しいものでさ

えも、滅びる運命を免れることはできない、それほどに諸行無常の掟は厳しい、しかし、それにもかかわらず、愛する人々の美しい歌に歌われて、愛の追憶の中に生きることも、また、すばらしいことなのだ、ということであった。彼は、そのようにして、人生の根源的悲劇性と、それの美的超克の感動的な崇高美を歌い上げたのである。そのような人生観を、シラーは、できるだけ抽象的なことばを抑え、思念にはギリシア神話の形象を対応させることによって、直観化することに工夫を凝らしたのである。最初に選ばれた形象は、詩人オルフェウスの妻への愛に関するものである。オルフェウスは、死んで冥府へ降りて行った妻を返してほしいと冥界の王に懇願して、妻を連れ帰ることを許されたが、ただし、彼は、冥府を出るまでは、彼の後からついて来る妻の方を決して振り返って見ないという条件つきであった。しかし、オルフェウスは、冥府の出口にいま一歩というところで、待ちきれなくなって振り返ったために、妻はまた冥府へ引き戻されてしまった。その次の形象は、美の女神がこの上なく愛した美少年アドニスが、女神の忠告にもかかわらず、狩りで猪を仕留めようとして、逆に手負いの猪の牙にかかって命を落とす話に基づいたものである。三番目の形象は、トロイア戦争で、唯一の致命的な急所だったかかとを射抜かれて、非業の最期をとげたギリシア軍の英雄アキレウスの死を悼む母神のテティスとその姉妹の女神たちの悲しみにくれる姿を借りたものである。シラーは、それらの形象を、きわめて簡潔かつ効果的に利用することによって、含蓄と余情に富む詩境を作り上げることに成功したのである。

このような詩的表現技法の会得が、彼にいかに並々ならぬ自信を与えることになったかは、あのように厳しくビュルガーを批判したシラーが、

自信作『理想と人生』

美学研究後にどのような詩を作るのだろうかと、彼の詩作復帰後の作品に強い関心を抱いていたヴィルヘルム＝フォン＝フンボルトに対して、自信作『理想と人生』（初版の題名『幻影の国』）に添えて書き送った彼の一七九五年八月九日付の手紙の中に、はっきりと見ることができる。彼は次のように書いたのである。

「この手紙を受け取られたら、最愛の友よ、世俗的なものはすべて遠ざけて、静寂の中で、この詩を読んでみて下さい。（……）

概念を明確にすることが、想像力のはたらきに限りなく有益であることは、確かです。私が美学の辛酸の道を歩き通していなかったら、この詩は、これほどの扱いにくい題材なのですから、ご覧のような清澄さと軽やかさに到達することは決してなかったことでしょう。」

シラーがそれほどまでに自信満々であった『理想と人生』の内容は、あらまし、人間の心は地上的幸福と魂の平安との間を絶えず振り子のように揺れ動いて休むときがないが、もし真に魂の平安を望むのであるならば、あやふやな地上的歓楽には決然と背を向け、強者以外には勝利も自由もなく、罪にまみれるばかりの地上的生の不安を投げ捨てて、広やかな理想の世界へ赴くべきである、その理想の自由な世界を、仮象においてではあれ、われわれに仰望させるのは、芸術の美なのだ、

というものであった。この全一五節の詩の第一二、一三節で、シラーは次のように歌っている。

人なるがゆえの苦悩がきみたちをとらえ、
ラオコーンが蛇どもに
言うに言われぬ苦痛に耐えてあらがうとき、
そのとき人は荒れ狂うがいい！　彼の嘆きは
天の円蓋にこだまして
きみたちのやさしい心を引き裂くがいい！
自然の恐ろしい声が打ち勝ち、
喜びの頬は青ざめ、
神聖な共感に、きみたちの中の
不滅なるものが屈服するもいいのだ！

だが、ここ、清澄なかたちの住む
ほがらかな境では、
嘆きの暗い嵐も、もはやたけりはしない。

痛みが魂をえぐることもなく、
苦悩に涙が流されることもなく、
ただ精神の雄々しい防御があるのみだ。
七色に輝く虹のごとく優美に
雷雲のかぐわしい露の上に
哀愁のかげりの薄絹を透して
ここには、平安の晴れやかな碧色がほのかに輝いている。

この時期にシラーが作った一連の思想詩の中の、最も大きな収穫は、はじめ『哀歌』と題され、のちに『散歩』と改題された二〇〇行からなる詩であった。この詩は、その文化史的省察を内容としている点で、『芸術家』と好一対をなすものであるが、『芸術家』がオプティミスティックな人間観と進歩的文化観を基調としていたのに対して、こちらはまさしく「失われた自然」を希求する「感傷詩人」のペシミスティックな歴史観を背景としている点でも、好対照をなすものであった。

資質の違いと緊密な協力

ところで、シラーが美学やギリシア悲劇の研究を通して納得し得たのは、詩的表現の生命は、もっぱら直観的形象的な言語表現にある、ということであった。従って、思想が詩の題材である場合には、それに絶妙に対応する形象的イメージを創案しなければならない、ということだったのである。彼は、後代の若い詩人たちの詩作の手本になったといわれるが、それは、そのような手法においてであったろう。そのような彼の手法の特質を、適確に見抜いていたのは、ゲーテであった。シラーが身につけた手法は、ゲーテの表現をかりていうならば、象徴というよりは、むしろアレゴリーに向けての手法だったのである。後年、ゲーテは、シラーと自分との創作上の相違点について、象徴とアレゴリーとの相違点に関連させて、次のように書いている。

「私のシラーとの結びつきは、同一の目的に向けての両人の断固とした姿勢に基づくものであったし、私たちが協力し合ったのは、そのような同一の目的を達成するための両人の手段が違っていたからであった。

かつて私たちの間で話し合ったことがあり、彼の手紙のある箇所から今また思い出した私たちの間の微妙な相違点については、私は次のように考えている。

詩人が普遍的なもののために特殊なものを探すのか、それとも、特殊なものの中に普遍的なものを見るのかは、随分違った事柄である。前者のやり方から生ずるのは、アレゴリーであって、アレゴリーにおいては、特殊なものは、ただ、普遍的なものの例、範例としかみなされない。それに対して、後者のやり方こそ、詩作の本然のやり方なのであって、それは特殊なものについて語りはす

シラーの筆跡

るが、普遍的なものについて考えたり、それを指示したりすることはないのである。そのような特殊なものを生き生きととらえる人は、そのとき、普遍的なものをも、それと気づくことなしに、同時に会得するのである。たとえ、気づくにしても、それは、ずっとあとになってからのことである。」(『格言と反省』)

　このように、自分の詩人的特質とは正反対の、シラーの詩人としての資質を炯眼に見抜いていたゲーテは、しかし、同時に、シラーの誠実な人柄と、彼のひたむきな精進のさまを、賛嘆の念をもって見守った。ずっとのちになって、ゲーテは、シラーにはすべての人を感化するキリスト的傾向が備わっていたといい、また、「シラーは、八日ごとに別人で、より完成された人間だった」と回顧している。シラーの方でも、学生時代以来敬慕してきたゲーテが、自分とは全く対極的な資質の詩人であることを、親しく交際するようになってますます痛感すると共に、敬愛の念もまたそれだけ一層深め、彼はやがて一作ごとといっていいほど頻繁に、ゲーテの助言を求めるようになった。ゲーテは、それに快く応じて懇切な助言を惜しまなかったが、それも、ゲーテが、シラーの人柄と才能にそれほどほれこんでいたからであったろう。ゲーテ自身も、原稿が書き上がると、まずシラーの批評を求めた。近代ドイツ教養小説の最高傑作である『ヴィルヘルム＝マイスター』は、こうして、シラーの側面からの熱い声援を受けながら書き進められたものであったし、ゲーテが、断片のままで長年手つかずにしていた『ファウスト』の執筆を再開することを決心したのも、シラーの熱心な促しによるものであった。

「あなたのお手紙が、いまでは私の唯一の楽しみとなりました。あなたがこんなにもいちどきに、こんなにもたくさんの苦労を取り除いて下さったことに、私がどんなに感謝しているか、感じて頂けると思います。」

と、ゲーテは、シラーにあてた一七九六年七月五日付の手紙の中で書いている。いまや世界文学における古典中の古典の一つとなったゲーテの畢生（ひっせい）の大作『ファウスト』も、もしシラーが強く勧めなかったら、完成されることなく終わったかも知れないのである。彼らが、どんなに真剣に、作品の制作の途上で意見を交換し合ったかは、彼らの間に取り交わされた手紙を見るだけでも、十分にうかがい知ることができる。

ゲーテとシラーとが、その資質から見れば全く違う詩人同士でありながら、奇跡的ともいえる緊密な協力関係にあったことを雄弁に証言するものとして、ここには、『クセーニエン』という題の、総数四一四の共同執筆の二行詩を収めた風刺詩集を挙げておこう。二人はこれによって、彼らの共同の敵としての時代の俗物根性に対して辛辣（しんらつ）な攻撃の矢を放ち、世人の覚醒をうながしたのだったが、はたして『クセーニエン』は、発表されるやいなや一大センセーションを巻き起こした。二人は、半分ずつを作り合ったり、話し合いながら想を練り、書き下ろしたりしたから、あとでこれらの詩の中のどれが単独に自分のものかを判別することが容易でなく、これらの詩のすべてをそれぞれの全集に収めてよいことに決めたのであった。二人の共同執筆になる有名なものとしては、ほかに、『叙事的文学と劇的文学について』と題する短いエッセイがある。

ドイツ古典主義

歴史劇『ヴァレンシュタイン』　一連の思想詩のあと、シラーは、一七九六年の春には、数年前から彼の脳裏を去来していた歴史劇『ヴァレンシュタイン』の制作に、本腰を入れる決心を固めた。

ヴァレンシュタイン（一五八三～一六三四）は、もともと宗教的紛争として始まったものが、ついにはヨーロッパの覇権争いにまで発展した三十年戦争（一六一八～四八）のとき、皇帝軍の最高指揮官として勇名を轟かせたが、やがて謀反心を疑われて一度失脚し、皇帝軍の旗色が悪くなったとき、再度最高指揮官に任命されたが、最後的には反逆者として暗殺された人物であった。

シラーは、初めは、彼の好みに合った清廉潔白な人柄のスウェーデン王グスタフ＝アドルフの方に関心を寄せ、いかにも老獪（ろうかい）で、複雑な性格のヴァレンシュタインには、どうしても共感を持つことができなかったのだが、一七九〇年から一七九二年にかけて『三十年戦争史』の研究と執筆を続けていく中に、ヴァレンシュタインは、「謀反人だったから没落したのではなくて、没落したがゆえに謀反を企てたのである。生前の彼にとっての不運は、彼が勝者の側を敵に回したこと、——死後の彼にとっての不運は、その敵が彼より長生きして、彼の歴史を書いたことだった」(『三十年戦争史』第四巻)という認識に達し、歴史上悪名高い敗者の側から歴史を見直すことによって、新しい歴史悲劇の視野を開く可能性のあることに気づき、この人物を主人公とする作品制作に踏み切ったのであった(『ヴァレンシュタイン』脱稿後一年もたたないうちに『マリア＝ステュアート』が完成されたのは、悪女の烙印を押されていたマリアも、類似の歴史的評価を受けていた人物だったところに、内容は全く別であるにしても、類似の手法を適用することができたからであろう)。

シラーは、反逆への決断を下すまでに迷いに迷ったに相違ない主人公の内面的葛藤と、彼を取り巻く人々の動きとを重ね合わせながら、運命的な歴史的状況の中でしのぎを削った我執と打算と道義心のもつれ合いの悲劇を描いたのである。対象とした世界的事件は、見通しの容易でない多様な事情がからみ合い、不透明で、決して単純に解釈できるような性質のものではなかったから、仕事はなかなか思うように進まなかった。一七九七年の夏には、執筆を一時中断して、ゲーテと共に物語詩の創作にも手を染めたが、『ヴァレンシュタイン』から離れることはなかった。『手袋』、『潜水者』、『イビクスの鶴』などの名作が生まれたのは、このときであった。一七九八年にも、一時、物語詩に時間をさいたが、『ヴァレンシュタイン』の制作も順調に進み、ゲーテの助言に励まされて、最後の難関であったヴァレンシュタインの占星術への過信については、それを彼の不透明な行動の動機づけとして効果的に生かすことによって、ようやく一七九九年三月に最後の場面を書き終えることができた。こうして、第一部『ヴァレンシュタインの陣営』(一幕)、第二部『ピコローミニ父子』(五幕)、第三部『ヴァレンシュタインの死』(五幕)の全一一幕からなる、このドイツ歴史悲劇の最高傑作は、ゲーテに温かく見守られ、声援を受けながら完成されたのだった。『ヴァレンシュタイン』は、シラーの作品の中で、ゲーテの影響が最も色濃く感ぜられる作品であるが、人物たちの性格の陰翳(いんえい)のきわめて深い、複雑で重層的な内容の作品でもあって、哲学者ディルタイは、この作品に、「歴史の内面」の見事な劇化を見た。

簡単に、この作品の概要を説明しておこう。

ヴァレンシュタインは、手元に強大な軍隊を作り上げて、皇帝の権勢の後ろ楯となり、部下の絶大な尊敬を集めていたが、彼は、ひそかに、国王の称号を手に入れようとの野心を抱いていた。そのようなヴァレンシュタインが、ある運命のはからいによる結びつきとして、盲目的な信頼を寄せていたオクタヴィオ＝ピコローミニは、皇帝にきわめて忠実な現実主義者で、ヴァレンシュタイン一派の謀反の企てを察知すると、それを阻止するための暗躍を開始する。オクタヴィオには、マックスという息子がいたが、彼は父とは逆の理想主義者で、ヴァレンシュタインに心服していた。たまたま、マックスは、ヴァレンシュタインの妻と娘を駐屯地へ連れて来る命令を受け、その旅行の途上で娘テクラと深い恋仲となった。あたかも戦場に咲き出た一輪の美しい花のような、この二人の純愛は、しかし、悲劇に終わらねばならなかった。それは、欲望と打算の渦巻く現実世界では、容易に安住の地を見つけることのできない美しい魂の、いたましい運命の象徴でもあった。

ところで、占星術師と星の動きをうかがっていたヴァレンシュタインは、吉兆が現れてもなお決心がつかず、ためらっていたところを、義妹のテルツキ伯夫人にそそのかされてついに謀反に踏み切った。俺について来い、その方がいい、といった父の忠告を無視して、ヴァレンシュタインのもとに留まっていたマックスは絶望し、彼の忠実な騎兵連隊を率いて敵陣めがけて出撃して、激戦の中で戦死する。忠臣は二君にまみえず、という日本古来の武士道そのままに、彼はこうして、皇帝の忠誠な武人としての最期を遂げた。ヴァレンシュタインは、寝返った部下に欺かれるだろうなどとは予想もせず、勝利の朝の明けるまでのひとときをゆっくり休みたいといって、寝室に引き上げたあと、オクタヴィオにそそのかされて彼に恨みを抱いた部下に襲われ、暗殺される。

以上が、『ヴァレンシュタイン』のあらすじである。

崇高の美学

この作品の中で、シラーは、彼の古典主義的悲劇においてしばしば見られるモチーフ、美しい魂の崇高な魂への昇華、の典型的な形姿として、貴公子マックス＝ピコローミニを登場させた。

崇高は、美と共にシラーの美学の根幹をなすもので、彼はこの概念をカントから学んだ。彼は一七九三年に発表した『優美と尊厳について』において、次のように書いていた。

「美しい魂は、それゆえ、情緒においては、崇高な魂に変容しなければならない。そして、これが、美しい魂を善い気立てないしは気質的美徳から識別しうる確かな試金石なのである。ある人間において、ただ正義が幸いにも情愛の側にあるという理由だけで、情愛が正義の側にあるとしたら、自然衝動は、情緒においては、意志に対して完全な強制力を行使するであろう。そして、犠牲が必要である場合、犠牲を払うのは道徳性であって感性ではないであろう。それに対して、美しい性格の場合のように、情愛に義務を負わせ、感性に舵をゆだねたのが理性自体であったとしたら、衝動がその全権を濫用しようとする瞬間に、理性は舵を取り返すであろう。つまり、気質的美徳は、情緒においては単なる自然産物に下落するのであるが、美しい魂は英雄的魂に転化し、純粋知性に昇華するのである。

道徳的な力による衝動の支配が精神の自由であり、現象におけるその現れを尊厳というのである。」

崇高についてさらに立ち入って論じたのが、一八〇一年に発表された論文『崇高について』であった。その中に次のような文章がある。

「ここに一人の人間がいて、その人は美しい性格を形作るためのあらゆる美徳を備えていると仮定しよう。彼は、正義、慈善、節制、剛毅、誠実を実践することに快を見いだすものとしよう。（……）

ところが、この同じ人間が突然大きな不幸に陥ったとしよう。（……）もし、彼の容姿には彼の境遇の変化が認められるにしても、彼の振舞にはいかなる変化も認められない場合、（……）われわれは、あらゆる自然的説明を諦め、振舞を境遇から推しはかることなどは全くやめにして、振舞の根拠を、物的世界秩序から全く別の世界秩序へ移さなければならなくなる。この全く別の世界秩序は、理性が理念によって飛翔し行くことはできるにしても、悟性が概念によって把握することは不可能なものなのである。この場合に、いかなる自然的条件にも拘束されない絶対的な道徳的能力が発見されるならば、その発見は、われわれがそのような人間を見たときにとらえられる悲哀の感情に、全く独特の名状しがたい魅力を添えるのであるが、そのような魅力は、いかに洗練された感性の快といえども、崇高なものと争うことはできないほどのものなのである。

こうして、崇高は、美がわれわれをあくまでも留めておこうとする感覚的世界からの出口を、われわれに提供する。おもむろにではなく（なぜなら隷属から自由への移行はあり得ないのだから）、突然に、震撼によって、崇高は、洗練された感性が絡みつかせ、透明に紡ぎ出されたものであればあるだけそれだけ一層しっかりと絡みついている網の中から、自主独立の精神をもぎ離すのである。」

シラーにとって、崇高なものとは、人間に、その自然存在としてのあらゆる制約を解脱し超越して精神的存在としての絶対的自由を自覚させるものをいうのである。崇高とは、特に、人間の知恵をも力をも超絶する畏怖すべき外的威力に直面した人間が、「道徳が必然への忍従という概念によって、宗教が神意への帰依という概念によって教える心術」にみずから進んで身をゆだねる、荘厳と形容してもよい心的態度に対する美的感動を表明するものであった。シラーは、崇高の感情を、カントが不快と快の混合からなるとしたのにならって、一つの混合感情であるとした。「それは、最高の段階においては戦慄として現れる悲哀と、本来的には快ではないけれども、恍惚にまでも高められ得、洗練された心情によってあらゆる快にはるかにまさるものとされる愉悦との結合したものである」と彼は説明している。彼は、また、美しいものにおいては理性と感性とが調和するのに対して、崇高なものにおいては、理性と感性とは調和しない、といい、「肉体的人間と道徳的人間とが、ここでは極度に鋭く分離される。なぜなら、前者がただその限界のみを感ずるまさにそのような対象において、後者はその能力の経験をなし、前者を地に圧し付けるまさにそのものによって無限に高められるのである」ともいっている。

地上的な幸福を願うのは、だれしも同じである。しかし、場合によっては、大義に生きるために、個人のあらゆる地上的幸福を、愛をも、生命すらをも断念しなければならないときが、人生にはある。そのとき、人間は、決然として個を捨て、崇高な魂に転化して、大義を守り通さねばならない。それは悲劇である。しかし、その悲劇は、大いなる道徳的秩序としての大義に殉ずるものであるがゆえに、秩序そのものを顕現したものとして、秩序の中に同化され、聖化される。ゲーテが『至福の憧れ』という詩の中で、蠟燭（ろうそく）の光に憧れて飛んで来て、炎の中に飛び込んで焼かれ、みずから火炎と化する蛾の姿に、「死して成れ」との崇高な生の秘義を歌った精神と同じ精神が、ここには語られている。

レッシングを超えて

以上のような崇高の概念の理解は、シラーに、かのアリストテレスの『詩学』において悲劇のしめくくりをなすものと規定された「カタルシス」（これは悲劇が観客の心の中に引き起こす「同情」と「恐怖」の感情の浄化的な劇的効果をいうのか、それともそれらの感情の清算的な大団円をいうのか等々、今日もなおその真の意味について学者の議論が絶えない）の概念に、彼独自の解釈を加えることをも可能にしたように思われる。そのことを、私たちは、一七九二年に発表された彼の『悲劇芸術について』と題する論文の中の、次のような文章に見ることができる。

それは、フランス古典劇の巨匠コルネイユの『ル＝シッド』の中の二人の恋人たちに言及して、彼らは道徳的な義務を遂行するために、お互いの愛情を犠牲にすることを覚悟した点で、われわれの最高の評価を受けることのできる人物たちであると述べ、「ただ、幸福への最高の資格と不幸の理念とを結び合わせることが、不可能であることだけは、われわれの同情的快を、なお、悲しみの雲によって曇らせるでもあろう。（……）」といったあとに続く文章である。

「しかし、道徳的に陶冶された人が登りつめ、また、感動的芸術が登りうる最高最終の段階においては、そのような難点も解消し、それと共に、不快のすべての影も消え去るのである。このことが実現されるのは、運命に対するあのような不満さえも剝げ落ちて、万物のある合目的的な結合の、ある崇高な秩序の、ある優しい意志の予感ないしは明瞭な意識の中へ消えてゆくときである。そのとき、道徳的合致に対するわれわれの満足に、自然の偉大な全体の中の最も完全な合目的性のすがすがしい表象が加わり、個々の場合には悲しみをかきたてた、合目的性に対する外見上の背馳も、普遍的な法則の中にそのような特殊な場合の弁明を探し出して、個々の不協和音を偉大な調和の中へ解消しようとするわれわれの理性にとっての、単なる刺激のとげでしかなくなるのである。」

シラーがアリストテレスの「カタルシス」を、彼の劇作上の先輩であるレッシングと同じように、悲劇の観客の心情に対する浄化的効果と解する立場に立っていることは明らかである。彼がアリストテレスの『詩学』をすでに一七九〇年に読んだことを、彼の義姉カロリーネは『シラー伝』に書いている（ただしシラーはゲーテからクルツィウス訳を借り受けた一七九七年五月には、そのときより前に『詩学』は読まなかったといっているのであるが）。彼が『悲劇芸術について』の中で論じていることは、しかし、まぎれもなくアリストテレス的同情論、ならびにカタルシス論なのであるから、シラーは、アリストテレスの悲劇論について、そのころまでには相当に知っていたと見ることができる。あるいはシラーは、レッシングの『ハンブルク演劇論』に刺激されて、アリストテレスの『詩学』を手に取ったのかも知れない。レッシングは、彼の演劇論の中で、フランスのコルネイユやダシエのアリストテレスに対する解釈を批判して、彼の考えを述べているのであるが、それがシラーのカタルシス論の展開に示唆を与えるものとなったのでもあろうということは、レッシングの文章とシラーの前掲の文章とを比較してみるならば、十分に推察できるところである。

シラーは、レッシングの考えをさらに一歩進めることによって、レッシングの先に出たといっていいであろう。彼は、アリストテレス的「同情」を、レッシングのように、キリスト教的隣人愛を背景とした博愛的感情の枠組みの中で考える以上に、崇高な生き方を強いられる者への《人間的共感》としてとらえ、アリストテレス的「恐怖」を、《人間の認識能力や生命力を超絶するものへの人間的畏怖》としてとらえているように私には思える。悲劇はそのような《人間的共感》と《人間的畏怖》とを全幅的に震撼して、永遠の世界秩序を予感させる崇高の感情の中で、それらの全面的な浄化（カタルシス）を行うものと考えている、と私は解釈する。「自然の偉大な全体の中の最も完全な合目的性のすがすがしい表象」は、大いなる神の摂理に対する、永遠の自然の秩序に対する、自我を滅却した絶対的帰依の心があってはじめて可能である。そのような崇高の感情をよびさましたのは、ひとりマックスのみではなかった。この『ヴァレンシュタイン』という作品全体を包む、見通しのきかない歴史が、不可測の運命が、そのようなカタルシスの源泉であったと見ることができるであろう。シラーが、『ヴァレンシュタイン』の筆を進めていた一七九七年にアリストテレスを手に取ったのは、そのような悲劇観の確認において、この作品を書き進めたことを裏書きしているように私には思えるのである。

以上のようなシラーの悲劇論の思想的背景をなしていたのは、弁神論と呼ばれる宗教的世界観であって、ライプニッツ以来のドイツの知識人に大きな影響力のあった世界観である。それは、キリスト教を背景としてはいるが、しかし、キリスト教を超えた宗教的寛容の立場から物事を見ようとするもので、近代的ヒューマニズムの一つの現れであった。シラーも、また、そのようなヒューマニズムの立場から発言し、創作した人であった。

『鐘の歌』

ところで、物語詩ではないが、『ヴァレンシュタイン』や物語詩の制作のさなかに着想されて、二年ののち、悲劇の完成より半年後の一七九九年九月に書き上げられ、詩人シラーの名を不朽のものにした『鐘の歌』と題する詩を、ここで想い起こしておくことにしよう。

この詩は、鐘造りの職人たちが、忙しく立ち働くさまを眺めながら、詩人が人生について、青春について、家庭生活や社会生活について、さまざまに思いをめぐらす、という形で書き進められている。この全四二六行からなる長い詩の特筆すべき第一の点は、何といっても、その流麗で響きのよい詩語の音楽性であろう。シラーは、そのような響きのよい声音に乗せて、鐘造りの進度に合わせて、人間の青春期、恋の芽生え、結婚、家庭、火災、埋葬、都市の生活、革命的暴動、平和などについての思いを叙してゆくのである。特筆すべき第二の点は、見事な比喩的表現である。内容そのものは、特別に目をみはるような新奇なものではなく、多くはだれにでも想像できるような一般的なものである。しかし、それは民衆詩であるためには、必要なことであった。シラーがここで腕を振るったのは、人生についてのさまざまな思いに、才気に溢れる言語的表現を添えることによって、読む人を絶えず新しい人生観照の中にいざなうことにあったのである。まさしく、彼がビュルガー批評で要求した民衆詩人のなすべきことを、彼はこの詩で見事に実践してみせたのである。なるほど、今日の目から見れば、幾分、歴史的に制約された考え方や形象がないわけではない。とはいえ、現代のわれわれが、シラーの時代をすっかり卒業してしまっているかどうかは疑問である。彼の警句は、ほんの少しばかり修正すれば、十分に今日的な意味を持ちうるものが多いことを、だれも否定できないであろう。火事の恐ろしさは原子力の恐ろしさに、フランス革命の暴徒の行為は、政治的弾圧や無差別的テロ行為に読み替えることもできるであろう。この詩の名句のいくつかを次に紹介してみよう。

堅固に大地に築かれて
粘土焼きの鋳型はできた、

きょうは鐘ができねばならぬ、
元気に、みんな、仕事にかかれ。
　熱いひたいからは
　汗が流れねばならぬ、
鐘の出来栄えは親方のほまれ、だが、
祝福は天から来るのだ。(一～八行)

なぜなら、硬いものと軟らかいもの、
強いものと優しいものとがつがうときに、
よい響きは生まれる。
だから、永遠に結び合おうとする者は、
心と心とが通い合うかどうかを、よく吟味せよ!
迷いは短く、悔いは長いのだ。(八八～九三行)

　情熱は消える!
　愛は残らねばならぬ、

花は散るが、
実は結ばねばならぬ。
男子は敵多い人生の中へ
敢然と躍り出て行かねばならぬ、
活動し、努力し、
耕作し、創造し、
略取し、奪取し、
賭けをし、冒険し、
幸運をものにせねばならぬ。（一〇二一～一一二行）

火の力は、人がそれを抑制し、
見張るときには、役に立つ、
人が物を造形し、創造できるのは、
この天の力の賜物だ、
だが、この天の力、
この自然の自由な娘は、

もし、その鎖から身を振りほどき、
おのれの道をきままに歩み始めたら、恐ろしい。
もし、それが解き放たれて
妨げなしに力を増し、
人でにぎわう大路小路に
ものすごい炎の渦を巻き起こしたら、大変だ！
なぜなら、四大元素は、
人の手の作りものを憎んでいるからだ。
雲の中から
祝福は湧きいで、
雨は沛然（はいぜん）と降り来るが、
雲の中から、所えらばず、
電光はひらめき落ちる！（一五五～一七三行）

獅子の目をさまさせるのは、危険だ、
虎の牙は恐ろしい、

だが、恐ろしいものの最たるものは、
妄想にとらわれた人間だ。
永遠にめしいた者に
天の光のたいまつを貸し与える者に災いあれ！
たいまつはその者の道を照らさずして、ただ放火し
町も国も灰燼（かいじん）に帰せしめうるのみなのだ。（三七五～三八二行）

歴史悲劇『マリア＝ステュアート』

シラーが、『ヴァレンシュタイン』の次に、一八〇〇年六月に完成した歴史悲劇『マリア＝ステュアート』は、舞台をマリア処刑直前の数日間に集約して、スコットランド女王マリアとイングランド女王エリザベスとの間の積年の確執の悲劇的結末を、両女王をめぐる廷臣たちのさまざまな動きをそれに絡ませながら、息詰まるような緊迫した場面の展開において描いたもので、シラーの劇作家としての一層の円熟を示す作品である。

マリアはスコットランドから追われて、父のいとこのエリザベスに救いを求めてイングランドへやって来たところ、イングランド国内の内乱とエリザベス女王暗殺の陰謀に加わったという無実の罪を着せられて、フォザリンゲイ城に幽閉されているという設定で劇は始まる。マリアはカトリッ

クで、夫のフランス王と死別したあとスコットランドに帰り浮名も流した、正統の王家の血筋を引く絶世の美女、これに対するエリザベスは、カトリックと反目を続けているプロテスタントで、いまなお処女のままの、父王の側室から生まれたごく並の容姿の女性、という風に、何から何まで対照的な二人とされている。マリアは、直接にエリザベスに会って、自分の無実を訴え、自由を得たいと望んでいる。ようやく、二人の愛顧を独り占めにしているレスター伯の画策が効を奏して、二人は、フォザリンゲイ城の広大な庭園の一角で顔を合わせる。マリアは、エリザベスの前にひざを屈して釈放してほしいと懇願する。しかし、猜疑(さいぎ)心の強いエリザベスはかたくなな態度を崩さず、ついに業を煮やしたマリアは、逆上してエリザベスを罵倒し、自分こそイングランド王位の正統の継承者であるとまで言い放ち、両者の和解の望みは完全に潰(つい)え去る。深く傷つけられたエリザベスは、ついにマリア処刑の命令書に署名する。外敵の脅威から国家の安全を守ることに、日夜心を悩ましてきた彼女は、マリアを無きものにすることによって、一挙に禍根を絶つことができるとは思っていたものの、訴状が本当に信頼できるものかどうか判然としないため、署名をためらってきたのだったが、そして、命令書を机上に置いて、いよいよ署名しようという段になっても、なおしばらく迷っていたのだったが、ついに彼女の傷つけられた自尊心が勝った。しかし、それでもなお、彼女は、ためらいが残るため、その署名ずみの命令書は慎重に管理するようにと秘書に命じたのだったが、マリアの処刑の一日も早いことを望んでいた廷臣に強引に持ち去られ、刑の執行の準備が進められる。釈放される夢も破れて、死を覚悟するに至ったマリアは、刑の執行の前に、侍女たちに別れを告げ、彼女の知らないうちに司祭となっていた執事の前で最後のざんげと聖体拝領とを済ませ、これで「私は永遠の国へ行く準備ができた」といって、従容（しょうよう）として刑場に赴く。その直後に、マリアの無実を知ったエリザベスは、命令書を取り戻そうとするが、時すでに遅く、ただ一人ぼうぜんとたたずむところで幕が下りる（ちなみに、歴史書によれば、何という歴史の皮肉であろうか、エリザベスの死後、イングランドの王位を継承したのは、マリアの息子ジェームズであった）。

マリアは、王位にある者の宿命のなせるわざと、しだいに歴史的必然を悟り、自分はエリザベス暗殺の陰謀に加担した罪によって処刑されるのではなくて、第二の夫の殺害に加担した古い罪をいま贖うために死ぬのだと納得して、従容として死に臨んだ。他方、エリザベスは、王座を死守するために、心が千々に乱れようとも、王たる者の孤独な戦いを続けなければならなかった、というのがこの悲劇の結末である。

この劇は、シラーの戯曲の中で、特に緊密な劇的構成をもつ、きわめて形式の整った作品である。彼の九つの戯曲は、今日でも、いずれもドイツの劇団のレパートリー中のレパートリーとなっているが、とりわけこの『マリア＝ステュアート』は、好んで上演されるもので、私自身、ドイツ中の劇場の週間演目表を見ながら、同一の夜に五か所でこの作品が上演されるのを知って驚いたことがある。ヴィーンのブルク劇場でこの作品の上演を見たとき、純白の衣装に身を包んだマリアの姿は格別に印象的で、崇高性を悲劇の極致とするシラーの気魄が舞台全体に感じられ、深い感銘を受けたことを今も忘れることができない。

ロマンティックな悲劇『オルレアンの処女』　シラーは、歴史悲劇『マリア＝ステュアート』を一八〇〇年六月に書き上げると、ほとんど時を移さず次作についての構想を練り始め、劇作の地平の拡大を求めて、翌月には早々と、彼が「ロマンティックな悲劇」という副題を添えた『オルレアンの処女』のための資料収集に取り掛かり、翌年の四月には完成している。

彼は、『ヴァレンシュタイン』と『マリア＝ステュアート』においては、史実に種々のエピソードを加えながら、ディルタイのいう「歴史の内面」に迫ろうとしたとすれば、『オルレアンの処女』においては、同じく歴史的素材を扱ってはいるにしても、はるかに大胆な修整を加え、かなり自由に創作している。

主人公のモデルとなったのは、わが国では、ジャンヌ＝ダルクの名で知られる一五世紀はじめのフランス救国の英雄的乙女である。彼女は、フランスに進攻したイギリス軍によってオルレアンが陥落の危機に陥ったとき、祖国を救えとの神のお告げを聞いて、フランスの片田舎にあった彼女の郷里の牧歌的な田園を捨て、国王に願って軍隊を与えられ、彼女の率いる軍の先頭に立って連戦連勝、ついに祖国を救うことに成功した。しかし、そのあと、イギリス軍に捕えられ、魔女として火刑に処せられたが、のちに名誉回復が行われて、フランスを救った英雄としてあがめられている、というのが、史書の語るジャンヌ＝ダルクである。

シラーは、歴史的事実には拘束されることなく、この乙女の神がかり的な面を作品の中で巧みに生かしながら、空想力を自由にはばたかせて、一つの質の高い娯楽的作品に仕上げたのである。彼は、主人公を、刑場の露として消えるという風にではなくて、勇戦の末、戦場に散華する雄々しい乙女として描いた。この作品の副題で、「ロマンティックな悲劇」と断ったのは、この作品の中には、合理的な解釈では割り切れない、非合理的な事件や、夢幻的人物が登場するのみならず、歴史的事実からの自由を表明するためであったろう。シラーは、制作に取り掛かった当初は、幾分素材の取り扱いにてこずった様子であるが、間もなく執筆に熱が入るようになり、「悟性が素材と格闘しなければならなかったこれまでの作品よりは、ハートの中から」（ケルナーあて、一八〇一年一月五日付の手紙）書くことができたのであった。

この作品には、前二作品のような、むずかしい歴史的、思想的な問題もなく、ひたすら、主人公の内面における、神託への義務と人間的情愛との間の葛藤を唯一の問題として、オペラに見るような華麗なスペクタクル的な舞台の中で、筋が分かり易く展開するために、大変楽しく見ることができたからでもあろう、ライプツィヒでの初演は大成功を収めたという。その一週間後の第三回目

(一八〇一年九月一七日)の上演には、シラー自身立ち会い、感激した観客からは何度も万歳を唱えられ、劇が終わってシラーが劇場を出たときには、道路の両側に人々は列を作って立ち、詩人をたたえたことが、シラーに同行した人の手記に記されている。

ギリシア悲劇を模した『メッシーナの花嫁』　さて、『オルレアンの処女』脱稿と同時に、シラーは次の作品の候補として、『マルタ騎士団騎士』、『メッシーナの花嫁』、『ウォーベック』、『警察』などについて、いろいろと考えた末、最終的に決断したのは、『メッシーナの花嫁』であった。しかし、今回は、他作家の作品の脚色をはじめとして、ほかにもさまざまな原稿の執筆などがあったばかりか、シラー自身、『ウォーベック』も捨て切れず、さらには『ヴィルヘルム＝テル』への関心も募ってきて、『メッシーナの花嫁』ができあがったのは、一八〇三年春のことであった。彼がこの作品の執筆に踏み切ったのは、構成が単純であることと、ギリシア悲劇に一歩近づくことを通して、新しい趣向の試みができるという魅力があったからであった。

この作品の筋は、『オルレアンの処女』よりさらに単純明快で、女子が生まれたならば、一家の破滅のもととなるという夢解きのため父親は生まれたばかりの娘を海に投げよと命じたが、母親はそのふびんな子を修道院にかくまってもらった。ところが、それとは知らぬ二人の兄たちは、もともと反目し合っていたのだったが、二人ともこの実の妹に恋して奪い合うことになった結果、弟はついに兄を刺し殺し、真相を知ったその弟は兄の柩の前に自刃して果てる、というものである。

シラーは、これを書き上げたとき、古代ギリシアの運命悲劇とも優劣を競うこともできようと、大いに満足であったことを、友人に漏らしている。彼は、『悲劇における合唱団の使用について』という序文をこの劇に添えているように、この劇においては、ギリシア劇の合唱団を復活させる試みを行い、内容的にも形式的にも、ギリシア古典劇の様式を踏襲しようとしている。

同じように神託の類が劇の発端を形成しているとはいえ、『オルレアンの処女』では、主人公は神託の命ずる通りを実践したが、この作品では、ギリシア劇に似て、夢解きの結果を軽視した人間の驕慢（きょうまん）が、報復の女神によって裁かれるのである。シラー自身の説明によれば、メッシーナという土地は、ギリシア的なもの、キリスト教的なもの、イスラム教的なものの一つになっている所だという。彼は、そういう場所を選んで、彼の近代的運命劇の舞台にしたのであった。

最後の戯曲『ヴィルヘルム＝テル』　シラーが存命中に完成した最後の戯曲『ヴィルヘルム＝テル』の内容については、詳しく説明する必要はないであろう。世界文学の中で、この作品ほど、大人にも子供にも親しまれている古典的な作品は珍しいのではなかろうか。新聞やテレビを通して、この作品に対するスイス国民の特別な愛着について、知る人も多いだろう。スイスの人々にとって、テルは建国の英雄である。そして、シラーのこの作品は、建国を記念する劇として、今日まで愛され上演されている。アルプスの峰々の映える美しいフィーアヴァルトシュテッテ湖（ルツェルン湖）のすぐ近くにある小さな町アルトドルフの広場には、息子を連れ肩に洋弓をかついだテルの銅像が立っている。それは、彼らが楽しく語り合いながら、いままさに悪代官ゲスラーの帽子の前にさしかかろうとする瞬間を再現しようとしているかのようである。湖畔を走る自動車道路から、対岸にそそり立つ巨大な岩の上に刻まれた「テル詩人、フリードリヒ＝シラー」の金文字が、陽光を受けて燦然と輝くのを車窓から認めて、私は何度もカメラのシャッターを切ったものだった。テルは実在の人物ではなかったし、あの有名なリンゴの的の話は、北ヨーロッパではいくつもの伝説の中にある、などと聞かされると、私共外国人は、ああそうだったのか、で済ませてしまうこともできるが、スイスの人々にとっては、そうはゆかないようである。建国のため、祖国の自由のために、英雄的に戦った先祖の象徴的人物として、テルは彼らの心の中で生きているのである。

ところで、シラーは、テルを、悪代官の暴政から国を守り、オーストリアの支配からの自由をかち取ったスイス三州の民衆の戦いの中心人物として描いたのではなかった。彼は、月夜の山中に代表者がひそかに集合して、結束して反乱をおこすことを誓い合った人々の仲間にはされていない。「強い者はひとりでいるときが一番強いんだ」という彼は、あくまでも、腕力も射撃も操舵も人一倍すぐれた、しかし一介の、家庭のよき夫、よき父としての、独立独行の自然人としての猟師にすぎないものとされているのである。彼が、代官ゲスラーを倒したのは、最愛の息子の頭上に置かれたリンゴを射落とすことを強要されたばかりか、隠し持った矢の目的は何かと尋ねられて、もし射損じたらお命を頂戴するつもりだったと正直に答えたばかりに、反逆の意志ありとして逮捕され、ゲスラーの暴虐を身をもって体験し、ゲスラーを自分たちの不倶戴天の敵であると思い定めるようになり、護送される船が難破しそうになって操舵を任されたとき、たくみに岸へ逃げて、機先を制して自衛行為に出ることを決意してからのことなのである。そして、劇は、このテルの代官射殺と時を同じくして、民衆がその土地の青年貴族と共に立ち上がり、圧政者の砦を攻略し、独立をかち取った、という具合にしめくくられているのである。

シラーは、この劇を、素朴な自然と共に生きる、純朴な自然人といっていい民衆のたくましい生命力の、自由のための戦いとして描いた。彼はそうすることによって、中世スイスの山岳地方の人々の独立運動を、近代フランスの都市でおこった流血の革命の対極に置いて、人道主義的に是認できる武力革命の一つの姿を、ここに描いたといっていいであろう。この作品の創作においても、ゲーテの助言と協力は、シラーにとって大きな力となった。ゲーテは、もともと叙事詩としてまとめるつもりでいた『テル』のための材料を、惜しげもなくシラーに提供した。シラーは、ゲーテの旅行談をもとにして、スイス人も驚くほどに生き生きとスイスの風景を描いた。

いわば、シラーの白鳥の歌ともいうべきこの『ヴィルヘルム＝テル』は、こうして、彼が終生求めてやまなかった自由への賛歌となり、「すべての人が兄弟となる」べき後代への熱い人道主義的メッセージとなったのである。

遺作『デメトリウス』と悲報

『テル』の原稿が完結すると、シラーは、直ちに次作のための題材の選定に入った。彼は、イギリスのリチャード三世が殺害させたはずの先王の王子たちの中で、からくもその難を逃れ得たとされるある王子にまつわる悲劇を扱った『ウォーベック』を、すでに部分的に書き始めてさえいたのだったが、彼が最終的に決定したのは、その『ウォーベック』ではなくて、それと類似のテーマを扱うべき『デメトリウス』であった。この作品は、ロシア宮廷の帝位継承権争いを題材としたものであるが、執筆途上のシラーの突然の死によって未完に終わった、野心的なものであった。現存するのは、断片的に書き継がれた二幕までの原稿と、大量の習作ないしメモ書きである。それらを基にして、ある程度の復元を試みたものが時々上演されるが、もし完成されていたら、おそらくシラーの面目を一新したかも知れないとさえ推測される内容のものである。

一八〇四年五月には、シラーはベルリンへ旅行し、その地に二週間あまり滞在したが、このプロイセンの首都の訪問は、シラーにとって、最後の栄誉に包まれた日々となった。彼は、到着するやいなや熱狂的な歓迎を受けたばかりか、シラーにとっては全く思いがけないことであったが、ベルリン宮廷のある高官からは、ベルリンへ移住してほしい、生活費は保証するとの宮廷の意向さえ伝えられた。シラーの心は大いに動いた。そこで、彼は、ヴァイマルに帰ると、早速、そのことをヴァイマル公に報告し、その申し出を受諾していいかどうかの意向を尋ねた。彼は、ヴァイマル公への忠誠を吐露しながら、しかし、自分の子供たちに残してやる財産も少なく、四五歳になって健康も思わしくなく、将来のことも考えなければならない、ただ、もしベルリン宮廷が提供する金額を、ヴァイマルで保証して頂けるのなら、自分にとってはこれ以上のことはあり得ない、提供される額の三分の二があれば生活できるから、三分の一は子供たちのために貯金できる云々、と書いた。ヴァイマル公からは、折り返し、ヴァイマルに留まるのにはどの位の金額が必要なのか、知らせてほしい旨の返事があった。シラーは、それに対して、ヴァイマル公の厚意に感謝し、他へ移る考えは今後一切やめることに決意したこと、ただ、時々、数か月間をベルリンで過ごすことを許可して頂きたい、と返事した。シラーは、ゲーテにあてた手紙では、自分は毎年二〇〇〇ターラーを必要とし、その中の三分の二は著述でまかなっている、自分としては一〇〇〇ターラーの年金が望ましいが、それがむずかしいようなら、とりあえず八〇〇ターラーにして、数年後には一〇〇〇ターラーにしてほしいと願っている、と書いた。国庫が決して豊かではなかったヴァイマル公は、ともかくシラーの最低の望みをかなえるため、それまでの彼の年金を倍額にした上、必要がある場合にはさらに二〇〇ターラーを上乗せする決定を下した。

さて、シラーは、ベルリンへ行ったり、夏には病気をしたりしたために、『デメトリウス』の執筆は、なかなか順調には運ばなかった。彼自身は、途中で、やはり『ウォーベック』にしようかなどと、迷ってもいたようである。一八〇四年夏以降は、シラーの健康状態は、決して良好とはいえなかった。少し体調が戻ったかと思うと、何週間かはまた病気がちという状態が続いた。翌一八〇五年の二月には、ゲーテも大病にかかって床に伏した。シラーは、幸い二月末には元気が回復してきたので、精力的に『デメトリウス』の執筆を続けたが、五月一日に観劇に出掛けた際、激しい悪寒に襲われ、病状は徐々に悪化して、ついに九日に不帰の客となった。彼の机の上には、書きかけの『デメトリウス』の原稿が置かれたままになっていた。シラー夫人と共に、シラーの最期を看取った義姉カロリーネが、故人の遺体の解剖に立ち会った医師から聞いたところでは、たとえシラーはそのときの病気は治ったにしても、もはや半年以上は生き延びれなかっただろうというところまで、彼の肉体は蝕まれていたという。

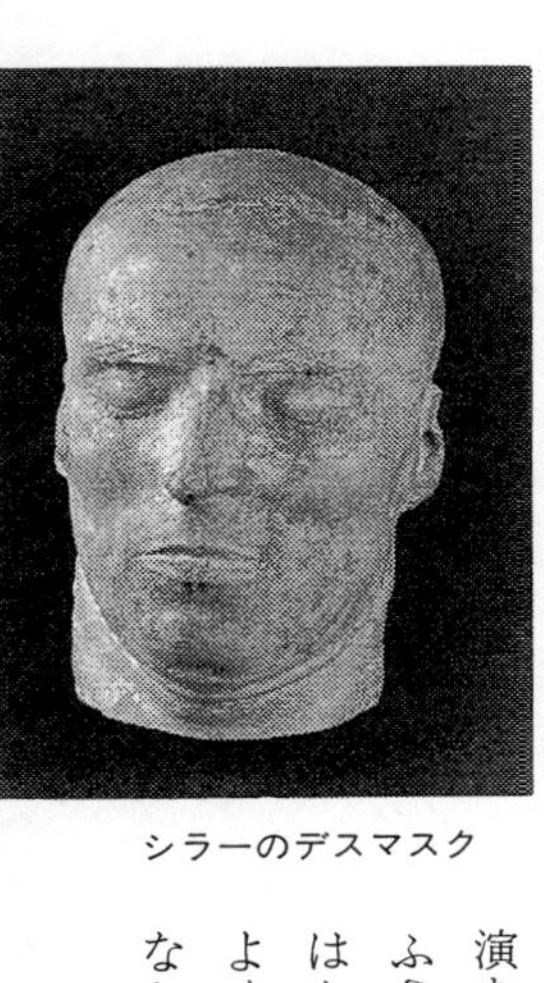

シラーのデスマスク

悲報は、ヴァイマル公国全域に伝えられ、劇場は、一〇日の上演を取りやめて故人に哀悼の意を表した。埋葬は、故人の身分にふさわしいやり方で行われたが、柩を担いだのは、通例の職人ではなくて、一二人の若い名門の子弟たちであった。星の美しい、よく晴れた五月の夜で、小夜啼鳥（さよなきどり）がその夜ほど繁く鳴いたことはなかったという。

ゲーテの鎮魂歌

シラーの死の知らせを、ゲーテはどんな気持ちで受け止めたのであろうか。病み上がりの彼に、それがどんなに大きな衝撃を与えるか、はかりかねた彼の妻クリスティアーネは、シラーが息を引き取った五月九日の夜は、ゲーテには、ただシラーが長い昏睡状態に陥ったが、持ち直したそうだとしかいわなかった。ゲーテはそれを聞いて安心したようだったが、しかし、悪い予感のするのを隠さなかったという。翌朝、クリスティアーネは、ゲーテに、それとなくシラーの死んだことをほのめかした。するとゲーテは、つと横を向いて、一言もいわずに泣いていたという。

実際、シラーの死がゲーテに与えた衝撃は、大きかった。彼は、ツェルターにあてた一八〇五年六月一日付の手紙の中で、

「あなたにお手紙を差し上げなくなって以来、私には良好な日はほとんどありませんでした。私自身がだめになるのではないかと思ったほどです。そして、いまや、一人の友人を失い、この友人と共に私の存在の半分を失ってしまいました。本当は、私は新しい生き方を始めるべきでしょう、しかし、この年では、そのための道ももうありません。」

と、彼の悲しみを伝えている。彼は、元気を回復したとき、シラーの追悼のために、何か大きいことをしようと考えた末、断片のままで遺作となったシラーの『デメトリウス』を完成しようと思い立った。シラーは、創作について、絶えずゲーテと相談するのが常だったので、ゲーテは、この

『デメトリウス』についても、シラーと何度も話し合ったことがあり、シラーの意図するところは、概ね知っているという自信があったからである。しかし、それを数か月のうちに成し遂げることは、容易ではないことがわかって、ゲーテはついにその計画を断念した。その代わりにできあがったのが、『シラーの《鐘》のためのエピローグ』であった。この詩の作られたきっかけは、ヴァイマル宮廷劇場の俳優たちが、例年夏季公演を行うバートラウホシュテットで、シラーの『鐘の歌』の合唱劇を上演することになったことであった。ゲーテは、そのためのエピローグとして、この詩を急いで書き上げたのである。それは、一〇年余の間、あい携えて人間の尊厳のために奉仕する文学の創造のために、肉体の力の極限まで戦って倒れた僚友に捧げた鎮魂の歌であった。上演は八月一〇日に行われ、その後も何度か繰り返された。その詩の中の、第二〜四節で、ゲーテは、次のように歌っている。

そのとき、私は低く重々しく弔いの鐘の音が
真夜中の大気をふるわせてひびくのを聞いた。
本当だろうか。これは、私たち皆が気遣っている
あの私たちの友のためなのか。
あの大切な友を死が奪い去って行ったというのか。

ああ！　この損失は何と世界を困惑させることか！
ああ！　この突然の別離は何と彼の友を打ちのめすことか！
いま世界は泣いている、何で私たちが泣いていけないことがあろう。

なぜなら、彼は私たちの仲間だったのだ！　何と気さくで愛想よく
高貴なあの人を、彼の元気のいい日は見せてくれたことだろう。
何と彼の謹厳さが、あるときは人づきあいよく朗らかで、
陽気に対話の仲間入りするのを好み、
またあるときは、機転と機知と確信とをもって
人生計画に深遠な意義を与え、
みのり豊かな助言と助力となって注ぎ出されたことだろう。
それを私たちは経験し享受した。

なぜなら、彼は私たちの仲間だったのだ！　この誇らしいことばが
この大きな悲しみにもまして、力強くひびくがいい！
彼は私たちのところ、この安全な港で、

激しい嵐のあと、しばしのくつろぎもできたろうに。
だが、彼の精神は力強い足取りで
真と、善と、美の永遠の国へと歩み続け、
彼の背後には、実体なき仮象として、
私たち皆を籠絡（ろうらく）する、凡俗が横たわっていたのだった。

おわりに――シラーと後世

シラーが亡くなったあと、一九世紀前半は、彼をことさらに英雄化し、偉大な自由の詩人として崇敬した時期であった。もちろん、シラーのパセティックな精神主義に対しては、敵も少なくはなかったが、しかし、彼の名声は高まってゆく一方だった。シラーの友人ダンネッカーが、病身だった詩人の面影をかなりリアルに模写した石膏像を出発点として、最終的に彫り上げた、ローマ彫刻風の理想化されたシラーの胸像は、当時の人々のシラー崇敬を端的に代表するものといっていいであろう。警世の哲学者ニーチェが、一九世紀も末に近いころに、「反時代的人間」の発言として、シラーを「道徳のラッパ手」とまで揶揄(やゆ)したのは、裏を返せば、彼が軽蔑した「教養俗物」によって美化され偶像化されすぎたシラー像が、あまりにも大きかったことの逆証明と見ることもできよう。

それはともあれ、一九世紀前半のシラー賛美の傾向に決定的な影響を与えたのは、ほかならぬゲーテであった。彼は、一八一〇年にも、一八一五年にも、シラー追悼祭が挙行されるたびに、かの追悼詩に手を加え、一八一五年には最後の二節を追加したのであった。このことは、シラーの『鐘の歌』が発表されたとき、若いロマン派の人々の哄笑の種となったといういきさつがあっただけに、シラーのヒューマニスティックな芸術意志をこの上なく貴いものとして、彼の文学を敢然と擁護しようとしたゲーテの、世人に対する強い態度表明でもあったと見ることができる。追加された最後の二節で、ゲーテは次のように歌った。

彼と争い、彼の偉大な功績を
不承不承に認めた人々も、
みずからが彼の力に感化され、
快く彼の世界に呪縛されたのを感じている。
最高のものへと彼は翔け上り、
私たちが尊ぶすべてのものと深く親しんだ。
されば、彼をたたえよ！　なぜなら、あの男に人生が
半分しか与えなかったものを、後世が完全に与えるべきなのだから。

そうすれば、もう何年も前に——はや一〇年になる！——
帰天して行った彼は、私たちのもとにいることになるのだ！

私たちは、皆、祝福に満ちた経験をした、
世界は、彼が教えてくれたことに感謝するがいい。
本来は彼の専有であった、あの彼独自のものは、
はや、多くの人々の共有となっている。
彗星のごとく遠ざかりつつ、彼は私たちの前に輝いている、
無限の光を、彼の光に結び合わせながら。

ゲーテは、シラーが亡くなった一八〇五年から、彼自身が没する一八三二年まで、機会あるごとにシラーについて語り、彼の人柄を懐かしんだ。彼が編集して一八二八年末から翌年末にかけて出版した二人の間の往復書簡集は、当時の人々の間に大きな反響を呼んだ。これによって、シラーを愛した人々の彼に対する敬慕の念は、一層かきたてられる結果ともなったことであろう。当時ヨーロッパ的名声をほしいままにしていたゲーテその人が、倦むことなくシラーをほめたたえたのだから、シラーの評価が上がらないわけがない。ことに、人々の政治的関心が強くなり、ドイツ統一の気運が高まった一九世紀半ばには、シラーの声価はゲーテのそれをも凌ぐまでにさえなった。そのようなシラー崇拝熱がその頂点に達したのは、彼の生誕一〇〇年祭の年、一八五九年であった。

詩人ハイネは、一八三二年暮れから翌年一月にかけてパリで執筆した『ロマン派』の中で、シラ

ーの誠実な人柄を称賛する文章を書いたが、フランスでは、それより一五年以上も前に、スタール夫人が彼女の『ドイツ論』の中で、かなり詳しくシラーの戯曲の紹介をしていた。この本はヨーロッパ中でよく読まれたというから、シラーの名前と作品とが、それほどの規模で広められたことは確かであろう。他方、イギリスでは、シラーの理想主義に共鳴したトマス＝カーライルが、一八二五年に『シラー伝』を出版している。詩人コウルリジが、シラーを絶賛し、ロシアの作家ドストエフスキーが、シラーを敬愛したことも有名である。

シラーの人道主義的な理想主義の文学とは全く異質のナチズムでさえ、ルッペルトによると、国民を懐柔するためにはシラーを利用しなければならなかった。とはいえ、シラーのすべての作品をそのままで使うことは、もちろん、不可能なことであった。そのため、ナチの御用学者たちは、利用価値のあるシラーの作品だけを取り上げ、しかもそれに都合のいい解釈を強引につけたといわれる。しかし、それにしても限度があった。例えば、『ヴィルヘルム＝テル』は、はじめのうちは推奨作品であったが、のちには望ましくない作品として、学校からも劇場からも締め出されてしまった。ところが、逆に、外国に亡命した反ナチ運動の人々は、自分たちの主張の援護をシラーのことばに求めたというから、まことに皮肉である。

二〇世紀半ばの一九四五年にシラーの遺体解剖の記録を綿密に検討した結果を発表したイェーナ大学付属病院長ヴォルフガング＝ファイルは、いかにシラーが、幾重にも複合した内臓疾患との筆

シラー国民博物館

舌に尽くしがたい戦いを、彼の肉体の力の極限まで戦い抜いて倒れたかをつぶさに知って、あらためて驚嘆せずにはいられなかったことを告白している。

一九五五年はシラー永眠一五〇年祭の年、一九五九年は彼の生誕二〇〇年祭の年であった。それらの年に行われた記念講演を収めた本をひもといてみると、その講演者には、専門の学者のほかに、現役の政治家あり、作家あり、演出家あり、文化人ありで、その顔触れはまことに多彩である。そのことは、シラーという詩人の読者層が、現代においても、いかに広く厚いものであるかの端的な証明と見ることができるのであるが、その人たちの講演の内容は、多かれ少なかれ、現代人の病んだ心の強壮剤としての《元素》シラーの重要性を力説した、ノーベル賞作家トーマス＝マンの講演と類似の気持ちを表明したものであった。ある人は、偉大なドイツの詩人の中でも最もドイツ的な詩人というべきシラーの論文や作品の中から、現代人は有益な教訓を引き出すことができる、といい、ある人は、シラーのドラマのセリフはあまりにも頻繁に引用されたために、セリフとしての本来の力が発揮できなくなってしまい、濫用されたシラーがシラー自身の本質をゆがめてしまったが、これは現代人の責任である、といった。またある人は、いわゆる愛国主義がシラー像をゆがめ、シラーのことばをこま切れにして使うことによって、その価値を下落させてしまったのだ、と一九世紀以来の過熱したシラー崇拝の誤りを批判した。また、ある人は、人間の尊厳に奉仕する文学を、現代人はシラーから学ぶべきである、と強調したのであった。

シラーの二二五回目の誕生日を契機として、一九八四年の冬学期には、ギーセン大学において、一連のシラー記念講演が行われたが、それは、「野蛮状態の生起を未然に防止するチャンスを逃さない」ために、シラーは「再三再四、想起されるべき人物」の一人であると考えられたからにほかならなかった。

科学技術の進歩に比例して、ますます複雑になってゆく社会機構の中で、日々心を擦り減らしながら生きてゆかねばならない今日の私たちが、それだけ心の慰安を必要としていることは確かである。生活にうるおいをもたらす美しい芸術への渇望を、心の中に感じていない人はまれであろう。美しい芸術は、現代生活を円満に営むための潤滑油として、ますます不可欠のものとなりつつある。その意味において、調和的人間性回復のための心の清涼剤、強壮剤を提供することを、文学の第一義としたシラー文学の現代における意義を、私たち日本人も、あらためて考えてみる必要があると思うのは、私ひとりではないであろう。

シラーの遺品や草稿、初版本などは、ヴァイマルのゲーテ・シラー文書館と、マールバハのシラー国民博物館に保存されている。マールバハにはシラー協会があり、毎年、シラーその他の詩人に関する研究機関誌を発行している。

彼の柩は、今日、ゲーテの柩と並んで、ヴァイマル公廟に安置されている。

あとがき

　本書が、現在のような形で世の光を見ることができるようになったのは、筆者の東京教育大学大学院時代以来、何かにつけてご指導いただいている恩師星野慎一博士の暖かいお励ましとご推輓（すいばん）によるものである。本来ならばもっと早い時期に出版の運びとなるべきところ、清水書院の清水幸雄氏から執筆のご依頼を受けたときが、たまたま私の本務の仕事が繁忙となり始めた時期と重なったために、執筆にとりかかったもののしばしば中断を余儀なくされて、完成するまでに四年を要し、清水書院に多大のご迷惑をおかけする結果となってしまったことを、大変申し訳なく思っている。ご期待に副いうるものとなり得たかどうか、はなはだ心もとないが、ともかく、シラー紹介のために、いささかなりともお役に立つところがありうるならば、幸いである。

　シラーが、明治の初めに、いち早くわが国に紹介されたヨーロッパの詩人の一人でありながら、その後はあまり親しまれることなく今日に至ったのは、全く残念なことといわねばならない。シラーは、他のどの詩人にも劣らず、わが国のとりわけ若い人々に知ってほしい詩人である。特に、ドイツ人の心情や、彼らが育ってきた精神的風土を知ろうとする場合、彼を無視することは不可能である。そのような意味において、シラーを「センチュリーブックス」の中に加えた清水書院の見識を、筆者は本当に貴いものと受け止めている。

本書によって、一人でも多くの方に、シラーに対して親しみを感じて頂けるとしたら、筆者にとってこれ以上の喜びはない。

本書ができあがるにあたって、多大のご尽力を頂いた清水書院の取締役社長野村久也氏ならびに編集部長渡部哲治氏、編集部の徳永隆氏に心から厚く御礼申し上げる。

平成四年五月

内藤　克彦

シラー年譜

西暦	年齢	年譜	歴史的事件及び参考事項
一七五九		11・10、ヴュルテンベルク公国のネッカル河畔マールバハに、父ヨーハン＝カスパル（当時、領主カール＝オイゲンの軍隊の少尉、一七六一年大尉に昇進）と母エリザベタ＝ドロテーア（旧姓コートヴァイス）の長男（第二子）として生まれる。	アダム＝スミス、『道徳情操論』
六二	3		ルソー、『社会契約論』
六三	4	シラーの父、年末にシュヴェービッシュ-グミュントの募兵将校に任ぜられる。	七年戦争終わる（一七五六〜）。
六四	5	シラー一家、ロルヒに移る。	ヴィンケルマン、『古代美術史』
六五	6	ロルヒの小学校に入学。モーザー牧師のもとでラテン語の手ほどきを受ける。聖職者への夢が芽ばえる。	ワット、蒸気機関を改良。
六六	7	年末、シラーの父は転勤となり、一家は領主の城館のあるルートヴィヒスブルクへ移る。	
六七	8	ルートヴィヒスブルクのラテン語学校に入学。神学校進学への第一歩を踏み出す。	レッシング、『ミンナ＝フォン＝バルンヘルム』
六八	9	はじめて宮廷劇場に行く。演劇への関心めざめる。	ヴィンケルマン暗殺される。

年	年齢	事項	関連事項
一七六九	10	9月、第一回目の国家試験に合格（以降一七七二年まで毎年受験して合格）。	ナポレオン生まれる。
七二	13	年末、領主のカール学院（軍人・官吏養成学校）入学への再三の強制的な勧告を拒み切れず、不本意ながら承諾。	レッシング、『エミリア＝ガロッティ』
七三	14	1・16、カール学院に入学。	ゲーテ、『ゲッツ＝フォン＝ベルリッヒンゲン』
七四	15	法学科に進む。	ゲーテ、『若きヴェルターの悩み』
七五	16	1月、シューバルトの短編『人間の心の歴史のために』にヒントを得て戯曲『群盗』の構想を練り始める。年末、医学科に転科。	
七六	17	哲学教授アーベルの心理学講義によりシェイクスピアを知る。10月、「シュヴァーベン文芸雑誌」に詩「夕べ」掲載される。このころ、シェイクスピアやシュトゥルム＝ウント＝ドラングの諸作品を耽読。	スミス、『国富論』アメリカ独立宣言。
七七	18	3月、詩「征服者」、「シュヴァーベン文芸雑誌」に掲載される。この年、戯曲『群盗』の制作かなり進む。	シューバルト、投獄される。
七八	19	5月ごろ、士官に引率されて遠足に出た森の中で、自由行動の折に少数の親友たちに『群盗』の一部分を朗読。	

一七七九	20	1・10、講演『過度の善意、親切や大きな寛仁も最狭義の美徳に属するか』。 卒業論文『生理学の哲学』受理されず、卒業延期となる。 12・14、創立記念式典で、ヴァイマル公カール＝アウグストならびにゲーテの臨席のもと、成績優秀により領主から三個の銀メダルを受ける。	レッシング、『賢人ナータン』
八〇	21	1・10、講演『結果から見た美徳』。 2・11、領主の誕生日記念公演としてゲーテの『クラヴィーゴ』を上演し、主役を演ずる。 11月、第二卒業論文『人間の動物的本性の精神的本性との連関についての試論』が受理され、印刷を許可される。 この年の内に『群盗』ほぼ出来上がる。 12・15、カール学院を卒業。軍医としてシュトゥットガルトの歩兵連隊に配属される。屈辱的な待遇に失望する。	プロイセン王フリードリヒ2世、『ドイツ文学について』
八一	22	初夏、『群盗』を匿名で自費出版。印刷費のために借金し、長年にわたる借金苦の源となる。 6月下旬、マンハイムの国民劇場支配人ダールベルク男爵より『群盗』の上演用台本を所望される。 7・24、最初の『群盗』批評が「エアフルト学芸新聞」に出る（「われわれがいつの日かドイツのシェイクスピアを期待していいとしたら、それはこの人だ」）。	カント、『純粋理性批判』 レッシング、死去。

一七八二	23	1・13、マンハイムにおいて『群盗』初演され、空前の大成功を収める。シラーは無断旅行をして極秘裡に観劇。 1・21、『群盗』第二版出版。咆哮するライオンの扉絵の下に「圧制者たちへ」の文字が刻まれる。 2月、友人たちと共同で『一七八二年詞華集』を匿名で私費出版する。 3月、アーベル教授と友人ペーターゼンとの共同編集で『ヴィルテンベルク文学総覧』第1号を出版。『群盗』と『詞華集』の批評や二編の評論その他を発表。 6・28、無断外国旅行のかどで二週間の禁固刑に処せられる。このころ戯曲『フィエスコ』の執筆進む。 8月、『群盗』に対する中傷により、領主から医学書以外の一切の著作を禁ずる旨を厳しく言い渡される。 9・22、友人アンドレーアス＝シュトライヒャーとともにマンハイムに逃亡。逮捕を恐れて居所を転々と変える。 12月上旬から翌年の7月下旬まで、バウアバハに滞在。マイニンゲンの図書館司書ラインヴァルトと親交を結ぶ。	
八三	24	2月、戯曲『たくらみと恋』をほぼ完成。 4月末、戯曲『フィエスコ』出版。 7・20、『フィエスコ』、ボンで初演。 7・27、数週間滞在の予定でマンハイムに到着。	日本各地に百姓一揆頻発。

年	年齢	事項	関連事項
		マンハイム古代美術館を訪れ深い感銘を受ける。 8月末、一年間のマンハイム国民劇場付き詩人の契約結ぶ。 9月初めから長期にわたりマラリアの発熱発作繰り返す。 11月、マンハイム劇場用に『フィエスコ』を脚色。	
一七八四	25	1月、マンハイムの選帝侯国立ドイツ協会会員に推挙される。 3月中旬、『たくらみと恋』を出版。 4・13、『たくらみと恋』、フランクフルトで初演。 6月初め、ケルナーらのグループから手紙を受け取る。 6・26、ドイツ協会会員就任講演（『道徳的施設として見た演劇舞台』）を行う。 8月以降、シャルロッテ＝フォン＝カルプのサロンの常連客となる。 8月末、マンハイム国民劇場との契約更改されず窮地に陥る。 12・26、ダルムシュタットの宮廷で、ヴァイマル公カール＝アウグストの前で『ドン＝カルロス』の第一幕を朗読。 翌日、ヴァイマル顧問官の称号を受ける。	ヘルダー、『人類史の哲学のための諸理念』
八五	26	2・22、ケルナーらにあてて窮状を訴える手紙を書く。 3月中旬、ヴァイマル公への献辞を添えた「ラインのタリーア」誌第1号を発行。『ドン＝カルロス』第一幕ほか発表。	

年	年齢	事項	参考事項
		4・17、ケルナーらの招きに応じてライプツィヒに到着。ケルナー自身は任地ドレースデンにおり、彼との最初の出会いは7月1日。 5月初め、ライプツィヒ近郊のゴーリスに移る。 10月以降、ケルナーの招きにより、ドレースデンに移り住む（一七八七年7月中旬まで）。 晩秋、友愛の賛歌『歓喜の歌』成立。	
一七八六	27	2月中旬、「タリーア」誌第2号発行。『歓喜の歌』『ドン＝カルロス』第二幕の数場面、カルプ夫人との恋愛から生まれたと推定される詩『情熱の自由思想』と『諦め』、その他の小品発表。 4月末ないし5月初め、「タリーア」誌第3号を発行。『ドン＝カルロス』第二幕の残りの場面と『哲学的書簡』ほか発表。	フリードリヒ2世、死去。
八七	28	1月上旬、「タリーア」誌第4号発行。『ドン＝カルロス』第三幕前半、小説『視霊者』の一部を発表。 6月末、『ドン＝カルロス』を出版。 7・21、ヴァイマルに到着。カルプ夫人に迎えられる。ヴィーラント、ヘルダーに会う。ゲーテはイタリア滞在中で不在。この後ヴァイマル公国に定住。 8・29、『ドン＝カルロス』、ハンブルクで初演。	松平定信、老中となる。 ゲーテ、『イフィゲーニエ』

		12月、友人ヴォルツォーゲンの案内でレンゲフェルト家を訪れ、その家の姉妹、カロリーネとシャルロッテに強くひかれる。	
一七八八	29	3月、詩『ギリシアの神々』を「トイチェルーメルクール」誌3月号に発表。 9・7、ゲーテにレンゲフェルト家で初めて個人的に会う。 9・20、ゲーテの『エグモント』の批評をイェーナの「一般文学新聞」に発表。 10月末、『スペイン統治からのオランダ連邦離反史』を出版。 12月、イェーナ大学歴史学担当教授（固定給なし）に招聘される。	ゲーテ、『エグモント』 カント、『実践理性批判』
八九	30	1月、ゲーテの『イフィゲーニエ』の批評を「最新ドイツ文学概評」に発表。 3月、思想詩『芸術家』を「トイチェルーメルクール」誌3月号に発表。 4月、詩人ゴットフリート＝アウグスト＝ビュルガーの訪問を受ける。 5・26、イェーナ大学教授就任講演『世界史とは何か、いかなる目的のために学ぶのか』を満堂の学生の前で行う。 11月、小説『視霊者』を出版。	ワシントン、アメリカ大統領となる。 ゲーテ、『タッソー』 フランス革命おこる。

年	年齢	事項	一般事項
一七九〇	31	12月、ヴィルヘルム＝フォン＝フンボルトとの親交始まる。 2・22、シャルロッテ＝フォン＝レンゲフェルトと結婚。 5月、歴史学講義のほかに、悲劇論の講義も始める。 10月、『一七九一年版婦人歴史年鑑』を発行。『三十年戦争史』第一、二巻を掲載。 10・31、ゲーテの初めての訪問を受ける。	カント、『判断力批判』 アダム＝スミス、死去。
九一	32	1・3、肺炎のため発熱。中旬には重態となり、学生や友人たちの徹夜の看護を受ける。 1・15～17、ビュルガー批評を匿名でイェーナの「一般文学新聞」に発表。 2月、カント哲学の研究を開始。 5月、病気が再発。重態に陥り、やがてシラーの死亡の噂がひろまる。 12月、『一七九二年版婦人歴史年鑑』を発行。『三十年戦争史』第三巻を掲載。 12・13、デンマークのアウグステンブルク王子から三年間に年一〇〇〇ターラーの贈与を約束する手紙受け取る。	林子平、『海国兵談』 シューバルト、死去。
九二	33	1月、「新タリーア」誌の一七九二年版第1号を発行。論文『悲劇的対象における満足の根拠について』ほか掲載。 3月、「新タリーア」誌第2号に論文『悲劇芸術について』ほかを掲載。	プロセインとオーストリアの対フランス戦争おこる。 フランス、王政を廃止し、共和制となる。

年	年齢	事項	参考事項
一七九三	34	4月、ドレースデンに旅行。のちのロマン主義の理論家フリードリヒ＝シュレーゲルを知る。 8・26、パリの立法議会、シラーにフランス市民権の授与を決議。 11月、『一七九三年版婦人歴史年鑑』に『三十年戦争史』第三～五巻を掲載。 1～2月、彼独自の美学論の基本的理念をケルナーにあてた一連の手紙（『カリアスまたは美について』）で展開。 6月、「新タリーア」誌一七九三年版第2号に論文『優美と尊厳について』を掲載。 7・13、アウグステンブルク王子にあてて新しい美学論の概要を一連の手紙の形で報告し始める（12月まで）。 8月～一七九四年5月上旬、新妻を伴って郷里シュヴァーベンに滞在し、友人・知人たちとの旧交を温める。 9・14、長男カール＝フリードリヒ＝ルートヴィヒ誕生。 9月、詩人ヘルダーリーンと会い、カルプ夫人の家の家庭教師に推薦する。 10・24、カール＝オイゲン死去。シラーはその葬儀に参列したと推定される。	ルイ16世処刑される。
九四	35	5・14、イェーナに帰着。 5月以降、ヴィルヘルム＝フォン＝フンボルトや哲学者フ	カント、『単なる理性の限界内の宗教』

一七九五	36	ィヒテと親しく交際。 7・20、イェーナの「自然研究会」の会合後、はじめてゲーテと理論的対話を交わす。以後、両詩人は頻繁に出会い、また往復書簡により芸術一般や相互の創作について語り合う。 1月、月刊「ホーレン」誌一七九五年版第1号を発行。『人間の美的教育について』第1～9信を掲載。 2月、「ホーレン」誌第2号に同書簡論文第10～16信を掲載。 4月、テューピンゲン大学哲学担当正教授への招聘辞退。 6月、「ホーレン」誌第6号に同書簡論文第17～27信掲載。詩作を再開。フィヒテと「ホーレン」誌への寄稿論文をめぐって意見衝突。 9月、「ホーレン」誌第9号に詩『理想と人生』その他を発表。 10月、「ホーレン」誌第10号に詩『散歩』を発表。 11月、「ホーレン」誌第11号に論文『素朴なものについて』を掲載。 12月、「ホーレン」誌第12号に論文『感傷詩人』を掲載。また『一七九六年版詩神年鑑』を発行。詩『理想』その他発表。	ゲーテ、『ヴィルヘルム＝マイスターの修業時代』 カント、『永遠平和のために』 フランス、プロイセンとバーゼルの和約。

年	年齢	事項	関連事項
一七九六	37	年末から、ゲーテの提案により風刺詩集『クセーニエン』の共同制作を開始。 4月、ゲーテの『エグモント』を舞台用に脚色。 7・11、次男エルンスト＝フリードリヒ＝ヴィルヘルム誕生。 9・7、シラーの父、死去。 9月下旬、『一七九七年版詩神年鑑』発行。『クセーニエン』を掲載。 10月、史劇『ヴァレンシュタイン』の制作に着手。	
九七	38	6～9月、『ヴァレンシュタイン』の執筆を中断して一連の物語詩を制作。 7月、『ヴァレンシュタインの陣営』完成。 10月、『一七九八年版詩神年鑑』を発行。『ポリュクラテスの指輪』『手袋』『騎士トッゲンブルク』『潜水者』『イビクスの鶴』その他の詩を掲載。	ゲーテ、『ヘルマンとドロテア』 カント、『道徳形而上学』 ナポレオン、イタリア遠征。 フランス、オーストリアとカンポ-フォルミオの和約。
九八	39	6月、「ホーレン」誌最終号を発行。 10・12、ヴァイマル劇場の改築記念興行として『ヴァレンシュタインの陣営』を初演。 10月、『一七九九年版詩神年鑑』を発行。『幸福』『龍との戦い』『担保』その他の詩を掲載。 12月下旬、『ピッコローミニ父子』完成。	本居宣長、『古事記伝』 ナポレオン、エジプト遠征。

一七九九	40	1・30、『ピッコローミニ父子』、ヴァイマルで初演。 3月中旬、『ヴァレンシュタインの死』完成。 4・20、『ヴァレンシュタインの死』、ヴァイマルで初演。 4月、史劇『マリア＝ステュアート』の制作に着手。 10・11、長女カロリーネ＝ヘンリエッテ＝ルイーゼ誕生。 10月、『一八〇〇年版詩神年鑑』発行。詩『鐘の歌』ほかを掲載。 12・3、イェーナからヴァイマルへ転居。	オーストリア、フランスに宣戦。 ナポレオン、第一統領となる。
一八〇〇	41	1～3月、シェイクスピアの『マクベス』を舞台用に脚色。 6月上旬、『マリア＝ステュアート』を完成。 6・14、『マリア＝ステュアート』、ヴァイマルで初演。 6月、『ヴァレンシュタイン』出版。 7月、戯曲『オルレアンの処女』の制作に着手。	伊能忠敬、蝦夷地を測量。 ノヴァーリス、『夜の賛歌』
〇一	42	4月、『オルレアンの処女』完成。『マリア＝ステュアート』出版。 9・11、『オルレアンの処女』、ライプツィヒで初演。 9・17、ライプツィヒでの『オルレアンの処女』の上演に臨席し、観客の熱狂的な喝采を受ける。 10月、『オルレアンの処女』出版。	フランス、オーストリアとリュネヴィルの和約。 本居宣長、死去。
〇二	43	1月、ゲーテの『イフィゲーニエ』を舞台用に脚色。 4・29、シラーの母、死去。	ナポレオン、終身第一統領となる。

年	年齢	シラーの事項	一般事項
一八〇三	44	8月中旬、『メッシーナの花嫁』の執筆開始。 9・7、貴族に列せられる。 2・1、『メッシーナの花嫁』完成。 3・19、『メッシーナの花嫁』、ヴァイマルで初演。 6月、『メッシーナの花嫁』出版。 8月、『ヴィルヘルム＝テル』の制作に着手。 12月、スタール夫人と会う。	アメリカ船、長崎に来る。 イギリスとフランスとの間で戦争おこる。 クロプシュトック、死去。 ヘルダー、死去
〇四	45	2・18、『ヴィルヘルム＝テル』完成。 3・17、『ヴィルヘルム＝テル』、ヴァイマルで初演。 5・1～17、ベルリンを訪問。大歓迎を受ける。 プロイセン宮廷からベルリンへの移住の誘いを受け、大いに心が動く。 7・24、はげしい疝痛（せんつう）に襲われる。病状は徐々に快方に向かう。 7・25、末娘エミーリエ＝ヘンリエッテ＝ルイーゼ誕生。 10月、『ヴィルヘルム＝テル』出版。	ロシア使節レザノフ、長崎に来る。 ナポレオン、フランス皇帝となる。 カント、死去。
〇五		2・8、夜半にはげしい発熱発作に襲われる。 4・25、ゲーテとケルナーにあてた最後の手紙を書く。 5・1、最後の観劇に出掛け、劇場に行く途中で、病気からようやく立ち直ったゲーテと会う。これが両詩人の最後の出会いとなる。観劇中に悪寒に襲われる。急性肺炎	

		の病状が一進一退を続け、病臥中も制作途中の戯曲『デメトリウス』の場面が脳裏を去来する。 5・9、午後5時45分ごろ永眠。 5月11日から12日への夜半、ヴァイマルの聖ヤコブ教会墓地に埋葬。
一八二七		12・16、ヴァイマル公廟に遺骨を納めた柩を安置する。

（年譜の作成にあたっては、Hanser版シラー全集第5巻所収の年譜、Gero von Wilpert編の『シラー年表』をも適宜参考にした。）

参考文献

本書を仕上げるにあたって，参考にした主要な文献は次の通りである。

Schillers Werke, Nationalausgabe, hrsg. v. Julius Petersen und Gerhard Fricke. Weimar 1943ff.
Friedrich Schiller, sämtliche Werke, hrsg. v. Gerhard Fricke und Herbert G. Göpfert, 5 Bde. München 1965f.
Schillers Briefe, hrsg. v. Fritz Jonas, 7 Bde. Stuttgart, Leipzig, Berlin, Wien 1892ff.
Schillers Persönlichkeit, Urtheile der Zeitgenossen und Documente gesammelt v. Max Hecker und Julius Petersen, 3 Bde. in einem Band. Weimar 1904-1909.(Nachdruck 1976)
Gero von Wilpert : Schiller-Chronik. Stuttgart 1958.
Johann Wolfgang Goethe : Gedenkausgabe der Werke, Briefe und Gespräche, hrsg. v. Ernst Beutler, 24 Bde. Zürich 1948ff.
Lessings Werke, hrsg. v. Georg Witkowski, 5 Bde. Leipzig und Wien.
Immanuel Kant : Werke in 6 Bden. Darmstadt 1970f.
Caroline v. Wolzogen : Gesammelte Schriften Bd. 2, Schillers Leben. Stuttgart und Tübingen 1830. (Nachdruck 1990)
Schiller. Reden im Gedenkjahr. Stuttgart 1955.
Schiller. Reden im Gedenkjahr. Stuttgart 1959.
Schillers lyrische Gedichte, erläutert v. Heinrich Düntzer. 3 Bde. Leipzig 1874f.
Wilhelm Dilthey : Von deutscher Dichtung und Musik. Stuttgart 1957.

Ernst Müller : Kleine Geschichte Württembergs. Stuttgart 1963.
Herman Nohl : Friedrich Schiller. Frankfurt a. M. 1954.
Georg Ruppelt : Schiller im nationalsozialistischen Deutschland. Stuttgart 1979.
Emil Staiger : Friedrich Schiller. Zürich 1967.
Gerhard Storz : Der Dichter Friedrich Schiller. Stuttgart 1959.
Andreas Streicher : Schillers Flucht von Stuttgart. Neu herausgegeben v. Paul Raabe. Stuttgart 1959.
Robert Uhland : Geschichte der Hohen Karlsschule in Stuttgart. Stuttgart 1953.
Benno v. Wiese : Friedrich Schiller. Stuttgart 1959.
鈴木重貞、『シラーと日本』（阪神ドイツ文学会編「ドイツ文学論攷」二）――――　一九五九
新関良三、『詩人シラー、研究と随想』――――　筑摩書房　一九六七
新関良三編著
『シラー選集』（全六巻）――――　冨山房　一九四一～四六
「帝国文学」臨時増刊第二「シルレル紀念号」（登張信一郎他著）――――　一九〇五

写真について

カバー、口絵、23, 24, 26, 31, 33, 39, 43, 51, 61, 83, 100, 104, 124, 137, 139, 142, 156, 185, 194 ページの写真は、すべてマールバハのシラー国民博物館・ドイツ文学資料館（Schiller-Nationalmuseum, Deutsches Literaturarchiv）所蔵品の写真である。

さくいん

【人　名】

【事項・地名】

【書名】

シラー■人と思想41　定価はスリップに表示

1994年7月5日　第1刷発行©
2015年9月10日　新装版第1刷発行©
2021年9月10日　新装版第2刷発行

・著者 ……………… 内藤（ないとう）　克彦（かつひこ）
・発行者 ……………… 野村久一郎
・印刷所 ……………… 大日本印刷株式会社
・発行所 ……………… 株式会社　清水書院

〒102-0072　東京都千代田区飯田橋3-11-6
Tel・03(5213)7151〜7
振替口座・00130-3-5283
http://www.shimizushoin.co.jp

CenturyBooks

Printed in Japan
ISBN978-4-389-42041-3

Century Books

清水書院の〝センチュリーブックス〟発刊のことば

近年の科学技術の発達は、まことに目覚ましいものがあります。月世界への旅行も、近い将来のこととして、夢ではなくなりました。しかし、一方、人間性は疎外され、文化も、商品化されようとしていることも、否定できません。

いま、人間性の回復をはかり、先人の遺した偉大な文化を継承して、高貴な精神の城を守り、明日への創造に資することは、今世紀に生きる私たちの、重大な責務であると信じます。

私たちがここに、「センチュリーブックス」を刊行いたしますのは、人間形成期にある学生・生徒の諸君、職場にある若い世代に精神の糧を提供し、この責任の一端を果たしたいためであります。

ここに読者諸氏の豊かな人間性を讃えつつご愛読を願います。

一九六七年

清水槇二

SHIMIZU SHOIN